JN319282

二見文庫

絶滅〈上〉

J・T・ブラナン／棚橋志行＝訳

EXTINCTION (vol.1)

by

J.T.Brannan

ジャスティナとジャクブとミアに本書を捧げる。

謝辞

腕利きエージェントのルイギ・ボノミとＬＢＡのみなさん、名編集者アレクサンダー・ホープと編集助手のダーシー・ニコルソン、広報担当ベン・ウィリスをはじめ、ヘッドライン出版チームのみなさんに心からの感謝を捧げたい。常日頃からわたしを支え、最後の最後まで赤ん坊の世話を手伝ってくれた両親、わたしに小説を書かせてくれ、会う人みんなにパパは作家だと教えてくれた子どもたち、細かなところに気がついてくれ、科学的な専門知識を与えてくれた親友のトム・チャントラー、そしてとりわけ……ありとあらゆることをしてくれたすばらしい妻ジャスティナに、感謝を捧げたい。ジャスティナ、きみに勝る人はいない。

「消滅は定め。生存は例外である」

カール・セーガン『さまざまな科学的経験――神の探求についての私見』

絶　滅
〈上〉

登　場　人　物　紹　介

アリッサ・ダーラム	〈ニュー・タイムズ・ポスト〉記者
ジャック・マレー	HIRP基地主任技術員
カール・ジャンクロウ	同システムエンジニア
イーストン・アンダーソン	同治安責任者
ジェイムズ・ラシュトン	〈ニュー・タイムズ・ポスト〉編集局長
ニール・ブライスナー	科学者
デイヴィッド・トムキン	統合参謀本部議長
ジョン・ジェフリーズ	国防長官
オズワルド・ウンベベ	〈惑星刷新教〉指導者
クライヴ・バーネット	考古学者

プロローグ

「準備はどうだ？」エジプトの砂漠に真昼の強烈な日射しが降りそそぐなか、クライヴ・バーネットは日焼けした顔に興奮の色をみなぎらせて呼びかけた。

「整った」トム・バワーズが興奮を抑えきれない感じで返答した。バワーズは発掘調査隊の解体専門家として、有名な岩窟墓群《がんくつぼぐん》〈王家の谷〉に位置する自然の岩石層に二十キロ近い爆薬を仕掛けていた。

バーネットはフィールド考古学者になって三十年以上になる。長年にわたって探してきたものがこの不毛の砂漠に隠されているという確信が、いまの彼にはあった。伝説の〈記録の大広間《ホール》〉のことだ。この〈ホール〉は数々の古文書を収めた巨大な記録保管庫と言われている。古代エジプト考古学特有の、真実である可能性が捨てきれない伝承のひとつだ。千数百年前にアレクサンドリアが壊滅《かいめつ》的な破壊を受ける前にエジプトのどこかに隠されたとされる、アレクサンドリア図書館所蔵の文書もそこに保管されているという。

　長年にわたり細心の注意を払って辛抱強く調査を重ねてきた結果、バーネットはついに〈ホール〉の場所を突き止めたと信じるに至り、つい先ごろ、高空からX線断層撮影法を使うことによって、この砂の下にきわめて大きな構造物が存在することを明らかにした。ただひとつ問題があった。重さ五万トンの花崗岩《かこうがん》に覆われていて、下へ掘り進むことができないのだ。

　それでも、バーネットの提出した証拠を受けてエジプトの考古最高評議会がついに折れ、爆薬を使ってそこから障害物を取り除く許可を出してくれた。バワーズが準備の仕上げに取り組むところを見守るうちに、バーネットの顔を汗が流れ落ちた。不毛の砂漠の灼熱ではなく期待がもたらした汗だ。

　バワーズがバーネットにうなずきを送り、調査隊のほかのメンバーは安全標識の後ろから見守っていた。バワーズは一人また一人と仲間に微笑を向け、しかるのちに箱形の爆破装置の押込部《プランジャー》を押した。

その瞬間は何も起こらなかった。音も聞こえず、爆発による震動も感じられず、バーネットは不発に終わったのかと思った。しかし、ややあって足下の地面が揺れ、彼の獲物を隠している岩石層の基盤が砕かれて、ひと塊《かたまり》の岩屑《がんせつ》が真っ青な空へ高々と打ち上げられたときには、思わず白い歯がこぼれた。

連なった爆薬の力にあらがって岩が最後の抵抗を試み、ブルブルと震えたあと、砂を支える努力をあきらめて砕け散ったのだ。

土埃《つちぼこり》と瓦礫《がれき》が百メートル近くも空中へ打ち上げられた。頑丈《がんじょう》な岩も文字どおり木端《こっぱ》みじんに砕け散ったらしい。

三メートル前の安全地帯ぎりぎりにいるバワーズにバーネットは顔を向け、やったなと親指を突き上げた。

しかし、何かおかしい。バワーズの顔には笑顔が浮かんでいなかった。それどころか油断なく警戒の表情を浮かべていて、おびえた感じすらうかがえた。

次の瞬間、バワーズはバーネットと残りの隊員たちのほうへくるりと向き直った。「下がれ!」彼は落下してくる岩石の騒音に負けないよう、声を限りに叫んだ。「落ちる！」

　友人が何を言っているのか、バーネットには一瞬しか考える時間がなかった。岩盤はくずれ落ちてあたりまえではないか？　しかし、地面がみるみる口を広げて巨大な陥没穴と化し、そこへ残りの岩がすべり落ちて、何百万トンもの砂が引きこまれていくのが見えた時点で、彼は解体専門家の言った意味を理解した。

　バワーズの体ががくんとくずれ、谷の真ん中に開いた貪欲《どんよく》な口へ情け容赦なく引きこまれていった。バーネットは友人を助けようと、本能的に一歩前へ踏み出したが、ふたたび地面が揺れ動き、大きな穴ができた場所へ引きずりこまれる恐怖を感じた。思いがけない事態にショックを受けて脚が石化したように動かなくなったが、複数の腕が彼をつかみ、後ろの安全なところまで引き寄せてくれた。激しく息を切らし、アドレナリンが体を駆けめぐるなか、バーネットが向き直って、さきほどまで岩のあった場所にもういちど目をやると、友人の手が縁を越えて見えなくなり、砂漠の谷底に開いた陥没穴の奈落へ引きずりこまれていった。

　バーネットは同僚たちの手にあらがって必死に友人のところへ駆けつけようとしたが、やがて体から力が抜け、頭《こうべ》を垂れて現実を受け入れた。

手遅れだ。もうトム・バワーズは助からない。

現場に近づいても危険はないと判断されたのは十二時間以上が経過してからで、バーネットが最初に出した指示は遺体の回収だった。

彼が率いる発掘調査隊のメンバーははるか谷底まで落ちていきそうな陥没穴の縁に立ち、目を皿にしてトム・バワーズを探していた。何分かかかったが、ようやく十メートルくらい下の砂に半分埋もれているボロボロの体が見つかった。折れた片腕とズタズタになった顔の三分の二くらいが、陥没でできた壁から不自然なおぞましい形で突き出ていた。

バーネットが遺体回収チームに指示を出しているところへ、隊のなかでも古参の女性クレア・グッドウィンが大声で呼びかけた。「こっちへ来て！」一瞬の間を置いて、彼女は切迫の度を強め、また叫んだ。「来て！　みんな！　早く！」

最初にたどり着いたのはバーネットだった。グッドウィンが指差している下の空洞に目を凝《こ》らす。「なんだと言うんだ？」横槍《よこやり》を入れられたいらだちをあらわに、彼はたずねた。「わたしには何も……」

グッドウィンの指差しているものを目がとらえ、バーネットは途中で声を詰まらせた。隊の全員が同じものを目にするまで、長い時間はかからなかった。

三十メートルくらい下に金属があり、照りつける日射しを受けて鈍いきらめきを放っていた。

古代の石造建築物ではない。曲線を描く長い金属体の一部だけが見えていた。あの下にあれよりはるかに大きな何かが埋もれていて、その外縁が見えているのだ。

この発見にバーネットは胸を躍らせたが、バワーズの遺体が回収されて、家族につらい通知がなされ、遺体をアメリカへ送還する手はずが整えられるまで、彼は発掘作業を棚上げにした。

十日後にアメリカで葬儀が営まれることになり、バーネットは悲嘆に暮れるのはあとからだと自分に言い聞かせて、目の前の任務に集中することにした。友人の死を無駄にしてはならないと、決意を新たにして。

砂に深く埋もれている金属体は戦争に使われた掩蔽壕《えんぺいごう》のたぐいか、ナチスが放置していった研究施設ではないかと想像する隊員もいた。ヒトラーは考古学に関心を寄せ、自分の唱えるゲルマン民族優生説を証明できる歴史的証拠を探していたことが知られている。北アフリカと中東の全域で数多くの発掘を許可したというし、この構造物もそれと関係があるのかもしれない。

しかし、バーネットは反論した。だったらどうして三十メートルもの砂の下に埋めて、その上に五万トンもの地層で蓋《ふた》をしたんだ？　それもこの一区画だけでなく谷全体にだぞ、と彼は付け加えた。

地震活動で砂が移動した可能性もないわけではなかったが、あの花崗岩は別の何かを示唆《しさ》するものだ。

二日後、現場の片づけが終わり、陥没穴の壁を補強して安全が確保されたところで、隊員たちが構造物の上に下りて、その上を覆っている砂と瓦礫をまた除去しはじめることが可能になった。

「素材はなんだ？」バーネットが調査隊の冶金《やきん》考古学者のリーダー、ジョン・ジャクソンにたずねた。

「よくわからない」と、ジャクソンは答えた。「チタンに類するもののようだが、心当たりがない」

「中へ入れないか?」

ジャクソンは一瞬考え、それからうなずいた。「可能だとは思う。ただし少々時間がかかりそうだ」

「だったら、すぐに取りかかってくれ。地元の人間がいつ来るかわからないし、その前に入っておきたい」

六時間以上が経過したところで、ジャクソンから作業が終了したとの知らせが来た。たちまちキャンプのほかのところにも話が伝わり、何分かすると調査隊の三十人全員が現場に集まっていた。

曲線を描く金属体は潜水艦のものによく似たアクセスハッチで、地中に埋もれた建造物の、屋根に当たるらしきところに位置していた。

ハッチが開くと、その先に金属のアクセストンネルが見え、内部の暗闇へ梯子《はしご》が続いていた。

バーネットが進み出て、ヘルメットのランプを点灯した。「まずわたしが入る」と威厳のある口調で言い、金属の段に足を下ろした時点で、ひとつだけわかったことがあった。これは〈記録のホール〉ではない。

何であれ、友人の犠牲が無駄でなかったくらいの価値がありますように、と願った。

クレア・グッドウィンとあと二名がバーネットに同行し、それ以外の者たちは隊長の通信システムにつながっている無線機に耳を傾けた。

四人の考古学者が梯子を下りていくあいだ、しばらく沈黙が続き、ときおりバーネットがトンネルの構造と現在の深さについてコメントを差し挟んだ。

「底に着いた」ようやくバーネットから到着の報告が来た。「アクセスハッチから構造物の内部へ入る」

残りの三人が梯子を下りるあいだまたしばらく声が途切れ、そのあと、地上に残っているみんなの耳がかん高い音をとらえた。バーネットが大きく息を吸いこんだ音だ。

「こ……これは……」バーネットは言葉を失っているようだった。隊長が何度か深く息を吸いこんで気を落ち着けようとしている音を、地表の隊員たちの耳がとらえた。「こんな……」ようやく彼は言葉を継いだ。「信じられない」また、言葉が途切れた。「生まれてこのかた、こんなものを見るのは初めてだ」

第一部

1

熱帯雨林を横断して海岸の平野へ抜ける主要高速道路でこの街へ近づいている者には、何キロか離れたところからでも巨大な像を見ることができた。標高六百メートル強の山頂に立つ像は、ローブをまとってあご髭《ひげ》を生やし、街の向こうの海原に向かって両腕を大きく広げた姿勢で街を見下ろしている。

コンクリートと石鹸石《せっけんせき》で造られた高さ四十メートルの像は九十年以上前からこの街のシンボルとして、信心深い人々の宗教的熱情を一身に集めていた。世界でも最大級の像で、重さは七百トンを超える。毎年何百万人もの旅行者がここを訪れ、その多くは山頂まで巡礼の旅をして、像の置かれている巨大な台座までたどり着く。畏敬《いけい》の念に満たされながら首を伸ばし、高くそびえる預言者像を見上げるのだ。

そんな巡礼者の一団がいま、その山頂に立ち、疲れた目を細めて太陽に向け、栄光に輝く彼らの救い主を仰ぎ見ていた。

この宗教に強く帰依《きえ》し、さまざまな人生経験を積んできた人々ではあったが、このあと起こる出来事に心の準備をしていた者は一人もいなかった。


水平線に昇る朝日を見ようとたくさんの人が山頂への巡礼におもむく、早朝の時間帯だった。太陽の光が像を神々しく輝かせ、像と光がどこかでつながっているかのようで、いっそう強く心を揺さぶられる。ところが、今朝は違った。信仰心を持つ者も持たない者も等しくその光景に見とれていたそのとき、像が動いた。

といっても、ただ風で傾いたとか、台座が揺れてぐらついたわけではない。信じがたいことに、像全体が後ろへのけぞり、大きな顔を上げて、巨大な腕を頭上に高く持ち上げたのだ。

そこでいちど動きを止め、ほんのわずか体を後ろへ傾けて、上に伸ばした二本の腕のあいだから天を見つめた。まるで一世紀近く前からずっとそんな立ちかたをしていたかのように。だが、その場に居合わせた人たちは、そうでないことを知っていた。像はまるまる二分のあいだ、じわじわと動きつづけ、天に向かって手を伸ばしていった。まるで、天空に加護を求めるかのように。しかし、いったいどんな加護を？

やがて、そんな疑問を浮かべているのは、そこに居合わせた人たちだけではなくなった。これが始まった数秒後には、ソーシャルメディアで最初の映像が発信されていた。像が動くところを動画や写真に収めた全員が、十分以内に世界じゅうの家族や友人に送っていた。

この像が――重さ七百トンのコンクリートと石鹸石の塊が――動いた、と。

そして、世界のみんなが知りたいと思った。なぜ像は動いたのかと。

2

身が引き締まるような朝の空気を感じ、ジョイス・グリーンフィールドはにっこりした。今日もいい天気、と心のなかでつぶやき、彼女の飼う血統書つきの猟犬セバスチャンのリードを握って、足取りも軽やかに褐色砂岩張りのアパートメントの正面階段を下りていった。

セバスチャンは彼女の自慢の種だった。少なくとも、昨年末に恋人のアダムが彼女を捨てて別の女の元へ走ってからは。男は信用できない。そのことをおのが身をもって思い知らされた。でも、犬のことは信用できる。特に、小犬のころから飼ってきたこのセバスチャンは。いいときも悪いときもずっとそばにいてくれた、かわいい子だ。

　あれが起こったのは昨年末のこと。それまで百万回も耳にしてきた昔からある月並みな話だが、ひとつ違うのは、それが彼女の身に起こったことだ。ある日の午後、仕事から早めに帰宅すると、アダムが——彼女が愛し、いつか結婚したいと思っていた男が——別の女とベッドにいた。わたしと彼のベッドに。それだけにいっそう耐えがたい裏切りだった。二人が将来の希望や夢、いっしょにどんな人生を送るかを語りあった場所だ。あのベッドでジョイスは彼にささやかな秘密を語った。ほかの誰にも話したことのない、特別な相手だからこそ打ち明けられるたぐいの話を。

　さらに、相手の女は単なる別の女でさえなく、ジョージーナ・ウィルコックだった。いちばんの友だちではないかもしれないが、それでも友だちだった。どうして友だちにそんな仕打ちができるの？　迂闊《うかつ》だったかもしれない。ジョージーナが同じことをするのをジョイスは見たことがあった。ほかの女性の恋人に——夫にまで——手を出すところを見ていたはずなのに、それが自分の身に降りかかるとは夢にも思っていなかった。愚かだった。つまり、男は信用できず、女も信用できないということだ。

だが、自分の横を離れず小走りに駆けていくセバスチャンを見て、彼女は胸のなかで繰り返しつぶやいた。犬は信用できる。いつだって信用できる。猫もすてきだが、犬とは違う、と思った。人には犬派と猫派がいるといわれ、前からそのとおりだと思っていた。もちろん、両方好きな人もいるだろうが、同等ではありえない。どっちが好きか決めなければいけないとしたら、自分は絶対、犬派だ。

生まれたときからずっと犬と暮らしてきたし——両親も犬派だった——大学の寮で丸三年暮らしたときには、彼女が六歳のときから飼っていたフランシスをこっそり持ちこんで内緒で飼うことまでした。とにかくもう、犬なしでは暮らせない。

長年のうちには、ほかの犬も飼った。動物保護施設にいる犬たちが終《つい》のすみかを見つける前の里親になったことも何度かあるし、彼らの身の上話に泣かされることもたびたびだった。どうしてそんなむごたらしいことができるの？　話を聞くたび毎回驚かされた。栄養不良や飼育放棄は、犬がかかえる問題としては些細《ささい》なものだ——無理やり闘わされて恐ろしい傷を負った犬もいれば、夜うるさく吠えたために火をつけられた犬もいたし、キッチンの椅子の脚をかじったといってペンチで歯を全部抜かれた犬もいた。

だが、セバスチャンに悲しい過去はない。前からこの犬種が大好きだった。長くしなやかな体形でありながら筋骨たくましく、背中の毛は尾根のように立ち上がり、ほかに類を見ない独特の外見をしている。特筆すべきは狩りのために交配された品種である点だ。しかし、セバスチャンは健康と見栄えのよさに重点を置いて交配された純粋な血統の犬で、彼の完璧な姿と歩幅の長いゆったりとした歩きかた、胸を張って、どっしりした頭を高く持ち上げ誇らしげに進んでいくところを見ると、惚れ惚れした。

チャンピオン犬の血を引く血統書つきだけに、安くはなかった。それでも、前からずっとこの品種が欲しかったし、自分にはそれなりの稼ぎもあり、手に入れるチャンスがそこにあった――つかまない理由がどこにあるだろう？　だから、値段の四分の一の手付金を支払い、新しい子が生まれたときに残り四分の三を支払うという条件で選択を行い、順番待ちのリストに載せてもらった。

この決断を悔やんだことは一度もない。セバスチャンと街なかの通りを散歩して、人の目が自分たちに向けられ、セバスチャンに称賛の目がそそがれるときは気分がいいし、その称賛には飼い主である自分への敬意も含まれている気がした。いっしょにいることで自分まで称賛を受けているにちがいない。〝あの立派な犬を散歩させている女の人を見て、きっと彼女もあの犬にふさわしい立派な人なんだわ〟——そんな声が聞こえてきそうだ。

今朝もそんな気分だった。内心の深い満足感はそれ以外のあらゆる問題を補って余りあった。この通りから交差道路を横断して公園に入り、そこでセバスチャンをたっぷり三十分ほど駆け回らせるとき、ジョイス・グリーンフィールドはいつも爽快な気分になった。彼女は職場で長時間労働を強いられるため、アダムと別れたあとはなかなか交際相手が見つからずにいたが、空は青く、天気は上々、横にはセバスチャンがいる。悩みはあっても、知らぬ間にどこかへ消えていった。

異変に気がついたのは、公園前の通りで横断を待っていたときだ。いつもならセバスチャンは彼女の横で完璧な〝おすわり〟をして辛抱強く待っているのに、今朝は何かに興奮している感じがした。信号が変わるのを待つあいだにそわそわしはじめ、立ち上がって前へ進み、彼女の腕を引っぱった。

びっくりしたが、なんとか引き戻して抑えることができた。やがて信号が変わり、公園に向かって道を横断したが、セバスチャンは引っぱるのをやめようとしない。どうしたの？　何かにおうの？　彼女はいぶかった。ひょっとして、公園に雌犬がいるのだろうか？　重篤《じゅうとく》な病気の予防になり、いろんな問題を防げるというので、この二年くらいずっと去勢しようかと考えていたが、繁殖させたくなる可能性も捨てきれず、いまだに病院の予約は取っていない。

公園に入るとセバスチャンは落ち着き、ボールを投げて遊ばせる運動場まで並木道を歩いていくあいだ、ジョイスはさっきの異変をつかのま忘れていた。

ところがそのあと、犬の散歩に来ているほかの人たちも興奮した犬たちに引っぱられていることに彼女は気がついた。さらによく見てみると、どの人も自分の犬に手こずっているようだ。

そのとき、セバスチャンがまた、前より強くリードを引っぱり、ジョイスは懸命に抑えようとしたが、犬はそれにあらがって、運動場へとぐんぐん彼女を引っぱっていった。彼女はどうすることもできず、ただ引きずられていき、ついていくだけで足がもつれそうになった。いったいどうしてしまったの？　まるで何かに取り憑《つ》かれたみたいだ。

すぐに彼らは運動場に着き、そこでセバスチャンが足を止めた。ジョイスの理解を超えた何かを感じ取っているかのように、体をこわばらせて。

数秒後、とつぜんどこかからか叫び声がしてジョイスがぱっと振り返ると、二百メートルくらい離れたところで巨大な犬が大きく口を開いて飼い主の腕に咬《か》みつき、そこから血がほとばしっていた。

反対側で、年老いた二人の婦人が金切り声をあげた。小さな愛玩犬たちがかかとに咬みつきはじめて、地面に倒れた二人に攻撃を続けていた。爪と歯が猛然と飼い主の顔を襲っている。

いたるところで犬たちが飼い主に襲いかかり、脚や腕や顔や首に咬みついていた。運動場のあちこちで緑の野原が鮮血に染まっていく。

そのとき、セバスチャンがジョイスのほうをくるりと向き、唇をめくって野獣のようなうなりをあげた。まさか、わたしの犬に限ってそんなことはない。わたしの忠実な友だち、セバスチャンに限っては。

だが、そう思った次の瞬間、セバスチャンはジョイスに飛びかかって地面に押し倒した。悲鳴をあげる彼女の体を、逆上した爪と歯が容赦なく引き裂きはじめた。

3

ハンス・グラウバーは巨大な飛行機の小さな窓から外を見て、あくびをかみ殺した。離陸からすでに四時間が経つが、まだ道のりの半分に過ぎない。

ヨット販売大手の海外販売部長といういまの仕事には愛着があるが、移動のつらさが玉に瑕《きず》だ。大陸から大陸へ飛び回り、ときには週に四回以上移動することもある。もちろん、もう慣れてはきたが、だからといって楽になるものでもない。

ホテルに着くのは朝の八時くらいで、そのままベッドに倒れこんで仮眠を取りたい誘惑に駆られるが、ふだんのように夜寝る時間になってからベッドに入るのが最良の方法だ。そうすることで体が自然と時差に順応し、大きな会議が予定されている翌朝にはすっかり元気になっている。

「なんだ、あれは?」彼は思わず疑問を声にした。

隣に座っている中年女性が外を見ようと、座席から身をのりだした。そして、「どうしたの?」とたずねた。

グラウバーにもよくわからなかった。窓の外に目を凝らす。

「あそこだ!」と彼は大声で言い、ずんぐりした指で窓ガラスをつついた。

女がグラウバーの指差す飛行機の前方を見た。動きは見えたが、何かはわからない。

グラウバーは目を凝らした。遠く離れた空中をおびただしい数の小さな点が縦横に動いている。独立して動く砂粒どうしが集まって小さなひとつのかたまりをつくり、そのあとまた離れていく感じだ。いくつあるんだ? 一千か? 百万か?

「あれは鳥?」と隣の女性に訊かれ、そのとおりだと気がついた。何十キロか先の空中を鳥が旋回しているのだ。膨大な数が集まっては離れ、また集まっている。

しかし、なぜ?

操縦席で副操縦士のラオチョ・ホアンが機長のホア・マンのほうに顔を向けた。「レーダーに現れました」プロフェッショナルらしい落ち着いた声でホアンは告げた。「ひとかたまりになったようですね」

ホアンとマンは少し前からこの鳥たちを目で観察していた。鳥たちはこの旅客機と同じ飛行経路をたどっていた。最初は遠くの点々が何なのか見当がつかなかったが、しばらくして鳥であるのが明らかになった。だが、鳥たちは二人が見たことのない行動を取っていた。離れてはまた集まり、そのたびにかたまりが大きくなってくる。そしていま、巨大なひとつのかたまりになったようだ。

「大きさは?」と、マンがたずねた。

「見当がつきません」必死に自制に努めながらホアンが言った。「しかし、百万羽は下らないでしょう」

「だが、われわれとはまだ距離がある」マンが期待を込めて言った。

「はい、機長」ホアンは即座に返した。「距離はおよそ……。うおっ、なんてこった」彼は息をのんでうめいた。

「どうした？」と、マンがたずねる。

ホアンはごくりと唾《つば》をのみこんだ。「方向転換しています」

客室のグラウバーは隣の中年女性が震えているのがわかった。彼にも見えていた。鳥が集まり、ありえないくらい巨大なひとつの群れをつくっているところが。グラウバーと隣の女だけではない。すでにほかの乗客たちも気がついていた。鳥たちが全部ひとつになると客室全体からどよめきが起こり、そのあと方向転換して飛行機に向かってきたときには警告の叫び声があがった。

一キロ半ほど先で鳥の群れが急降下して方向転換し、まっすぐ飛行機に向かってきたのを見て、機長と副操縦士は体をこわばらせた。

機長のホア・マンが回避行動を取ろうとしたが、鳥たちは飛行機といっしょに方向を変え、ぐんぐん近づいてきて、やがて窓の外には、彼の目にも誰の目にも鳥しか見えなくなった。絶え間なく彼らのほうへ向かってくる鳥にコクピットの窓が覆い尽くされていく。鳥がつくり出す巨大な黒雲に空全体が埋め尽くされたかのようだ。

グラウバーが外を見ているうちに、鳥たちが飛行機に向かって急上昇した。隣の女が反射的に彼の腕をつかみ、不安に駆られて指にぎゅっと力を込めた。

鳥たちは四方八方から機体の周囲全面に殺到し、飛行機は乱気流に巻きこまれたかのようにぐらぐら上下に揺れた。グラウバーの耳には隣の女の悲鳴と客室全体から発せられている金切り声が聞こえていた。と、次の瞬間、鳥の姿が消えて、外の視界がふたたび明瞭になった。

「いったいどうなっているの？」息を切らしながら隣の女が言った。「何がしたいの、あの鳥たちは？」

グラウバーは眉間《みけん》にしわを寄せて、鳥たちの姿を探した。何がしたい？　彼の頭にその発想はなかった。動物の欲しがるものといったら？　食べ物、隠れる場所、繁殖だ。動物にしたいことがあるとしたら、それは生き延びることだ、とグラウバーは思った。しかし、この行動で何をどう成し遂げられるというのか？　何万羽、ひょっとしたら何百万羽もいっしょになって飛行機に向かってきて、そのあと離れて、飛び去ってしまうことに？　飛行機に乗っている人たちを怖がらせることしか目的はなさそうな気がしたが、そんなばかげたことがあるはずはない。動物がなぜそんなことをしたがるのか？

「わからない」と、グラウバーは応じた。

客室のあちこちから「あそこだ！」「右だ！」「あそこにいる！」と叫び声があがり、グラウバーにもまた見えた。鳥たちがさっきより小さないくつかの群れに分かれて旋回し、それまでと同じように群れ集っては離れてを繰り返している。だが、ほどなく彼は気がついた。これはまったく別の群れであることに。間違いない。この飛行機は時速八百キロを優に超えるスピードで飛んでいるはずだ。鳥がついてこられる速さではない。

そう認識したことで、彼のなかにいっそう大きな恐怖がふくらんだ。まるで自然が反乱を起こしているかのようだ。こんな鳥の群れがもうひとつ別にあるなんて、ありえない気がした。それでも事実、彼らはそこにいて、最初の群れと同じように合体し、命ある巨大なかたまりと化して脈を打っていた。

「また来ます」副操縦士のホアンが切迫した声で言った。徐々にパニックが忍びこんできているようだ。彼らは厳しい飛行訓練を受けていた。機械が故障したときはどう対応するか、テロリストの攻撃を受けたときはどうするか、ハリケーンに直面したときどう状況をコントロールするかまで。しかし、こんな状況は想定外だ。

「別の群れだ」マンが信じられないとばかりに声をうわずらせた。

ホアンがうなずく。レーダーにふたつ、別々の群れが映っていた。最初の群れは左のはるか後方にいた。鳥の群れが別々にふたつあり、どちらも自然の法則から逸脱しているとしか思えない行動を取っている。どういうことなのか？

そのうえ、この鳥の群れは彼らのほうへ向かってきている。マンは低いうめき声を発しながら、翼を持つ生き物軍団の襲来を受けてぐらぐら揺れている機体を安定させようと、懸命に対応に努めていた。この鳥たちはホアンが思っていたおだやかな小天使ではなく、冷酷で悪意を持った残忍な動物なのだから、ここでは軍団というのが適切な言葉だろう。

機体の揺れは前回より長く激しかったが、結局この軍団もまた通り過ぎていった。飛び離れてからまた集まって、群れを再編成していく。ホアンはほっと安堵《あんど》の吐息《といき》をついた。

「被害報告は？」マンは最大限の努力をしてプロフェッショナルらしい態度を維持し、報告を求めたものの、顔を滴《したた》り落ちる汗が重圧と緊張を物語っていた。

ホアンは何か異変がないか——高度、油圧、燃料、エンジンの温度、方向、舵《だ》角《かく》調整と——鍛《きた》え抜かれた目で急いで計器を見渡したが、奇跡的にどこにもまだ問題はなく、すべてあるべき状態だった。

「ありません」と彼は報告し、少し落ち着きを取り戻した。


どっちが恐ろしいのか、グラウバーにはわからなかった。不吉な黒雲の下で第三の群れがまた何百万羽か集まって、黒雲よりずっと恐ろしい彼ら自身の巨大な雲をつくり出していることのほうか、それとも、恐怖とパニックが支配しはじめている機内の光景のほうか？

信じられないとばかりに口を開いて小さな窓の外を凝視している者もいれば、グラウバーがこれまで聞いたことのないような金切り声で叫んでいる者もいた

――文字どおりの恐怖がもたらした絶叫だ。子どもたちは小さくすすり泣いたり、声をひきつらせて泣いたりしている。いや、じつは子どもたちだけでなく、大人の男女も同じことをしているのにグラウバーは気がついた。叫んでいない人々のほとんどは泣いていた。

だが、もっと活動的な者たちもいた。操縦室のドアをドンドン叩いている者もいれば、乗務員に説明を求めている者もいた。あご髭を生やした大柄な男が客室乗務員の胸倉をつかんでトイレのドアにたたきつけ、彼女の顔に向かって怒鳴っているのを見て、グラウバーは嫌悪の思いに駆られた。その男は別の乗客たちにタックルを受けて床に倒された。

別の男が大声で語りはじめ、乗客たちに説教を垂れた――ついに来るべきときが来た、さあ悔い改めるがいい、最後の審判の日が来た、この世の終末が。

ある家族はここがまだ一万メートル以上の高空であることを忘れていますぐ飛行機を降りるつもりであるかのように、頭上の荷物入れから自分たちの荷物を下ろしていた。ショックで頭が混乱しているのだ、とグラウバーは思った。

ちらりと横を見ると、隣の中年女性は膝と膝のあいだに頭を埋めて祈りの言葉をつぶやいていた。よく聞けば、同じ文句を何度も繰り返し唱えている。グラウバー自身はショックを受けてはいなかった。感じているのは別のことだ。ひょっとしたら驚愕《きょうがく》か？　いま起こっていることが信じられないのか？

いや、そうではない。鳥の第三の群れが飛行機のほうへ集まってきて、悪霊か何かに乗り移られて意思を獲得したかのような動きで一定の形を持たない巨大なかたまりをつくりはじめたとき、自分が感じていたのは〝受け入れ〟の気持ちであることにグラウバーは気がついた。

死を覚悟していたのだ。

操縦室で先に叫んだのはマンのほうだった――ホアンより一瞬早く叫んでいた。第三の攻撃も最初の二回と同じ形で始まった。動きを予期したマンは急激に方向転換し、鳥たちの攻撃ラインを横切って完全に回避した。

ひと息ついて、つかのま小さな望みをいだいたが、次の瞬間、前方の鳥たちがおとりだったことに気がついた。いまの回避行動で彼の飛行機と乗務員と三百五十六人の乗客はまっすぐ別の群れの飛行経路へ向かっていた。これまでよりも大きな群れだ。ありえないことのような気がしたが、動かしがたい事実だ。何百万どころじゃない、何千万羽だ。鳥たちが飛行機に到達する直前、マンはそう考えてぞっとした。

一列目がコクピットの窓にぶつかって、ガラス一面に体がつぶれ、骨と羽根と血のしみを残して四方八方へ飛び散った。そのあと第二波、さらに第三波と、次から次へ押し寄せてはつぶれて砕け、とうとう窓に亀裂や陥没が生じはじめた。

恐怖とパニックに見舞われながらも、ホアンはまだエンジンの警告灯が点灯したのに気づくことができた。ひとつ、ふたつ、三つ、四つ。最後にすべてのエンジンが停止したが、鳥たちが目の前の風防に突っこんでくるのと同時に巨大なジェットエンジンにもまっすぐ飛びこんできて、そこを攪拌《かくはん》し、航空機の破壊に身を捧げているという状況も、まだ頭のなかで処理することができた。高度が下がりはじめたことに気がつき、客室区画の気圧が低下してきたのを見て、鳥たちが客室の窓を突破したのだと理解した。

やがてコクピットの強化ガラスが持ちこたえられなくなり、羽根と血と骨の塊がどっと押し寄せてきて、ホアンの叫び声は永遠にかき消された。

グラウバーの耳にはもう何も聞こえていなかった。隣の女の祈りも、子どもたちの泣き声も、ほかのみんなの叫び声も。

感覚のなかで生きているのは視覚だけで、旅客機の翼に取り付けられているジェットエンジンに鳥たちが何百羽、また何百羽と飛びこみ、エンジンが爆発して炎と焦げた羽根が空一面に炸裂《さくれつ》するところを、グラウバーは声もなく愕然と見つめていた。しかし、それでも鳥たちは止まらない。焼けて煮えたぎった鳥のかたまりが片方の翼を丸ごともぎ取ることに成功し、その翼がバレリーナのようにくるくる回りながら機体から離れていくところを、グラウバーは恐怖に魅入られたように見つめていた。高度の低下や機体のすさまじい揺れさえ感じることなく。

最初の一羽が客室の窓を突き抜け、急激な減圧によってあらゆるものが――荷物も、食べ物も、飲み物も、雑誌も、人も――外へ吸い出されていったが、そのあいだもまだグラウバーは、地上に向かってきりもみ落下していく翼を見つめていた。だが、そのあとさらに多くの鳥が入りこんで、ほかのものを吸い出せなくなった時点で飛行機全体がくるくる回りはじめたとき、ほかのエンジンもみな消し飛んで翼も全部取れてしまったのかもしれない、とグラウバーは思った。

いま、彼の注意は機内に向けられていた。すさまじい揺れと回転にさらされた機体内部で乗客たちは鳥のなかに埋没し、つぶれた小さな体に顔が覆われていた。もはや誰が誰なのか見分けがつかず、何百人かの人間が鳥に覆われているだけだった——つぶれて血と脂にまみれた恐ろしい鳥たちに。

やがてグラウバーのそばの窓が割れて、穴が開き、彼自身も鳥に覆われていくうち、遅まきながら彼は気がついた。ようやく自分が、何をおいても絶叫したくなったことに。

4

後ろでサイレンがけたたましい音をたて、一瞬、耳が聞こえなくなった気がしたが、ジェイムズ・カーターは周囲の混乱を映し出しているテレビカメラに語りかけた。通りに面した店先が打ち壊され、いまなおスポーツ用品店からは服やスニーカー、その横の家電販売店からはワイド画面のテレビやコンピュータが持ち逃げされていた。ふだんは平穏な通りだが、駐車中の自家用車数台といっしょに建物がひとつ燃えていて、現場の状況を伝えるカーターの近くまでその炎の舌が迫っていた。

「わたしがいるのはハドソン大通りです」暴徒と略奪者がたてている騒音に負け

ないよう、彼は声を張り上げてアナウンスした。「いまここは混沌《こんとん》に支配されています。先週、巨大な石像が動くところが目撃されて以来、世界各地で不思議な出来事が続発してきました。犬が飼い主を襲い、鳥の大群が飛来して大型旅客機を破壊し、動物園の動物が大暴れし、魚が何百万匹も死ぬ。これらの予期せぬ出来事を、世界が終わりを迎える前兆、つまり終末の日が訪れる先触れであると考える人たちもいます」

後ろで車の一台が爆発して巨大な火の玉と化したとき、カーターは思わずたじろいだが、気を取り直してこう続けた。「すでに終末思想的な狂信集団がいくつか出現して、人心を乱し、いろんなことを主張しています。しかし結局、言わんとしているのはどれも同じで、それは、わたしたち人類が滅びる運命にあるということです」

カーターは振り返って、後ろの状況を確かめ、それからカメラに向き直った。「それが真実か否かはともかく」と続け、破壊されたこの一帯を身ぶりで示した。「彼らの言葉が影響を及ぼしているのは明らかです。本日夕刻、この街で、最初の暴動が発生しました。警察は主犯の何人かを逮捕することに成功しましたが、こんどは略奪が始まっています。始まりの場所はここですが、どうかご注意ください」カーターは重々しい口ぶりで言った。「この現象は拡大するでしょう。これは単なる始まりにすぎません」

第二部

1

「後ろに車が！」猛スピードで走っているＳＵＶの助手席からリアン・ハーナスが緊迫したささやき声で訴えた。まるで自分の声が追跡者たちに聞こえてしまうと思っているかのように。

カール・ジャンクロウにもルームミラーにヘッドライトが見えていた。車が三台、ぐんぐん近づいてくる。雪に覆われた危険な山間道路を運転しながら何度も不安にのみこまれそうになった。道路の左右から巨木の枝が覆いかぶさって、星や月の自然光をすべて覆い隠していて、通り抜けることなどできない気さえした。

それでも、この道に問題がないのはわかっていた。それどころか、ここ三年ほど、この道路で自宅と職場を往復していた。ジャンクロウは頭に浮かんでくる悪い考えを抑えこもうとした。たしかに、後ろに車はいる。だからどうした？　彼だけでなくたくさんの人が基地の外で暮らしているし、その多くは彼と同じ小さな町に住んでいる。

だが今回は自宅へ戻るわけではない。リアンと長い時間をかけて検討した結果、彼らはいま基地でどんなことが起こっているかを公にする必要があると判断した。その判断に基づいて行動してきたいま、計画が露見したのではないかという冷たい不安が二人の頭のなかをめぐっていた。

「気がついていたのなら」と、リアンが言った。「どうしてゲートでわたしたちを捕まえなかったの？」

ジャンクロウが速度を上げると、道にカーブが出てくるたび車が横すべりを起こし、スピンして木々へ突っこみそうになった。「わからん」と、嘘を承知で彼は答えた。理由はわかっていた。アンダーソン大佐が黙って彼らを基地から出ていかせたのは、この原生地域で始末したかったからだ。詮索好きな人間の目が届かない、遠く離れた場所で。

さらにアクセルを踏みこみ、凍結した道路でスリップしないよう幅の広いタイヤが奮闘した。後ろのヘッドライトが遠ざかったのを見て、彼はにやりと口元に勝利の笑みを浮かべた。

それは長続きしなかった。ライトはすぐまた後ろに戻ってきて、これまでよりいっそう車間を詰めてきた。危険を承知で道をはずれて森へ突っこむべきか？次のカーブをそれなりの速度で回りこんで木々のすきまを通り抜けることができたら、アンダーソンたちは気づかずにそばを通り過ぎていくかもしれない。試してみる価値はあると判断し、さらに速度を上げて次のカーブへ驀進《ばくしん》した。

「減速して！」重い車のタイヤが足を取られそうになるのを感じ、リアンが金切り声をあげた。「このスピードじゃ――」

自動火器の音が彼女の声をかき消した。ジャンクロウにも後ろの数台から閃光《せんこう》が炸裂したのがミラーに見えた。弾が車に命中した衝撃が伝わり、窓ガラスが砕け散る音がした。タイヤのひとつが吹き飛び、ジャンクロウは必死に車を制御しようとした。

しっかりつかまっていろ、と言おうとして、リアンのほうへ顔を向けたが、彼女は助手席でぐったりしていた。命が抜け落ちたように、胸の前に頭を垂れている。弾が後ろから座席の背を貫通して体にめりこんだのだ。そこで初めて、風防が血にまみれていることに気がついた。弾は彼女の体から飛び出して風防を突き抜けたらしく、貫通した箇所から窓が蜘蛛《くも》の巣状にひび割れていた。

ジャンクロウはたちまち吐《は》き気に見舞われ、ハンドルとダッシュボードに胃袋の中身を吐き出したところでもうひとつ別のタイヤが破裂し、ついに車はくるくるスピンして、山間道路からその向こうの木々へ飛びこんだ。

イーストン・アンダーソン大佐が四輪駆動車を降りて外の空気を嗅ぐと、銃撃の煙と漏《も》れ出たガソリンのにおいがした。やれやれ。これでこんどの一件も落着だ。

しばらく前のことだが、カール・ジャンクロウは基地のある技術員が機密のサブプログラムに取り組んでいたコンピュータを目にしてしまった。その技術員からすぐにアンダーソンのところへ報告が来た。アンダーソンは危機管理の注意不足をとがめたが、失敗を認める勇気だけは認めてやった。彼らはただちにジャンクロウを監視下に置いた。このコンピュータの専門家が基地内部のシステムを探りはじめたとき、アンダーソンはそれほど驚きはしなかったものの、小さな不安に駆られた。ファイルをいくつか移動させたり変更を命じたりしたが、それでもまだそこには、見た者をぎょっとさせるだけのものがあった。

アンダーソンはあえてジャンクロウに探りを入れさせ、その一挙手一投足を監視した。ジャンクロウが秘密の計画に気づいたのは偶然のようだったが、背後に別の誰かが――警察や、政府や、外国政府が――いないとは言いきれない。アンダーソンにはあの計画を安全に守り抜く責任があり、ジャンクロウの背後に誰かがいるのであればそれを突き止める必要があった。

ジャンクロウの単独行動であることはすぐにわかったが、あの男は同僚の一人リアン・ハーナスに話を打ち明けてしまった。ジャンクロウとくっついたり離れたりを繰り返している女だ。非常手段に訴えなければならないときが来ることをアンダーソンは悟った。

まさにその翌日、ジャンクロウとハーナスが週末いっしょに旅行へ出かけることがわかった。絶対にそれを許してはならない。しかし、かといって、基地内で二人を始末するのは避けたい。あれだけの人がいては、どれだけの疑問を投げかけられるかわからない。

だから基地から二人を追跡し、ここで射殺した。できればもっときれいな方法でいきたかったが、この森で始末する必要があった。誰にも目撃されることのない、人里離れた場所で。ここで片づければ、状況はずっと楽になる。不運な事故に見せかけやすい。

部下の一人が彼の注意を引いた。ジャンクロウが乗っていたＳＵＶの残骸《ざんがい》から手を振っている。

「どうした？」と、アンダーソンは大声で呼びかけた。

「ジャンクロウがいません！」と、すぐさま答えが返ってきた。

アンダーソンは血まみれの風防から半分投げ出されているリアン・ハーナスの血みどろの死体が見えるところまで、全速力で車に向かった。

「この一帯を調べろ！　車から投げ出されたのかもしれない」

部下たちが駆けだし、懐中電灯を掲げて雪に覆われた森を照らしていく。ジャンクロウが風防から投げ出されたのだとすれば、車の速度から考えて生き延びているはずはない。しかし……

「上官！」道路の反対側から別の男が大声で呼びかけた。

アンダーソンがそっちへ向かうと、兵士が懐中電灯で雪の上についた跡を照らしていた。スキーの跡だ。山頂から斜面を下り、民間人が住むふもとの小さな町へ向かっていた。

ちくしょう！　アンダーソンは手近な木の幹に拳をたたきつけたい衝動に駆られたが、それを押しとどめた。同行してきた大型十トントラックの兵士たちを呼び寄せる。

「いいか！」と、彼は叫んだ。「ただちにスノーモービル部隊を展開させろ！」


ジャンクロウがスキーで木々のあいだを通り抜けていくうちに周囲は漆黒の闇に包まれてきて、北極圏に近いこの森林を構成する巨木に何度か激突しそうになった。そのたび寸前で少し進路を修正した。闇は完全に下りたわけではなく、空から月が、前進を助けてくれるだけの光を投げかけていた。

車が大破したときに打った頭がズキズキしたが、エアバッグが開いたおかげで致命傷は避けられたようだ。調べても無駄とわかってはいたが、それでもリアンの脈を確かめた。首の頸《けい》動脈を調べるために血まみれのもつれた髪を後ろへやり、ここでも吐き気を抑えこまなければならなかった。やはり脈はなかった。

涙をこらえ、いったいどうして彼女を巻きこんでしまったのかと、苦い後悔の念に駆られた。

ジャンクロウは車の後部にスキーを積んでいた。一般的なスキーより短いクロスカントリー用のものを。このスポーツが大好きで、それがこの僻地への配属を選んだ理由のひとつでもあった。アンダーソン率いる部隊が現場に駆けつけるほんの数秒前、彼はスキーとブーツを持って道路を横断し、アンダーソンが大破したSUVにたどり着く前に斜面を下りはじめた。

しかし、山腹を猛然とすべり下りて激しい寒風が顔に吹きつけるうちに、後ろにエンジン音が聞こえてきた。何かを引き絞るようなかん高い音。スノーモービルだ。

追いつかれるかもしれないが、あきらめてはならない。生き延びてみせる、生き抜くのだという意志が恐怖心を克服し、アドレナリンが一見不可能に思えるスピードで彼を遠くへ運んでいった。あきらめて雪の上にぺたんと座りこみ、殺し屋たちに始末されるのを待ちたいという思いもあった。しかし、心の奥底が――自分のなかに存在するとは知らなかった部分が――彼をさらに前へと駆り立てた。だから、自由への逃走を続けていった。

アンダーソン大佐は先頭のスノーモービルを操縦し、四台編成の小隊を率いて山腹を下っていた。強力なヘッドライトのおかげで、たどり着くずっと前にいろいろな障害物を見ることができた。

ジャンクロウに一歩先んじられたのは確かだが、エンジンを搭載した追っ手を振り切れるものではない。雪上についたスキーの跡は日光と同じくらい明瞭だ。

努力だけは褒《ほ》めてやろう、とアンダーソンは胸のなかでつぶやいた。お決まりの任務に飽き飽きしていたから、今夜の活動はいい気分転換になったが、それもそろそろおしまいだ。

スノーモービルの音が大きくなり、ジャンクロウの周囲の雪がヘッドライトに照らしだされた。

次いで、またしても恐ろしい銃撃音が静かな空気をつんざき、スキーから何センチか離れた柔らかい雪が弾に鋤《す》き返されるのを見て、ぞっと背すじが凍りついた。

方向転換して、木々のあいだをいっそうすばやく出入りし、大きな乗り物では通り抜けられないかもしれないと考え、狭路を目指して山腹を斜めに切り進んだ。

ヘッドライトが向きを変えて彼を追い、銃弾がさらに雪を掘り起こした。棚状の場所が出てきてそこをジャンプし、冷たい空気を切り分けたときにはこの時間が永遠に続くかと思ったが、着地して膝と腰で衝撃を吸収し、片脚で疾走したあとバランスを取り戻して、引き続き急斜面を下っていった。

また銃撃音がして、何かが腕の後ろに当たった。下を見ると、コートの上腕に大きな傷口が開いていて、銃弾がまっすぐ腕を突き抜けたのだと知った。頭がくらくらしてバランスを失いかけたが、周辺視野が何かの動きをとらえて、一瞬、痛みとショックを忘れ、それが何かを確かめるために彼は方向転換した。

子熊が二頭いるのが見え、ジャンクロウは目を大きく見開いた。熊たちが遊ぶのをやめて、彼を見た。斜面をすべりながら、子熊たちがおびえているという情報を頭が処理した。ということは――

大人の熊が彼に向かって突進してきた。後ろに雪を激しく跳ね上げ、むきだした歯が月光を受けてきらりと光った。心臓が止まりそうになったが、端のほうに雪が吹きだまっている丸太が見え、そっちへ方向を転じた。丸太の雪へすべり上がったところへ、巨大な獣《けもの》が手を伸ばす。ジャンクロウは丸太を飛び越して高々と宙に弧《こ》を描き、着地したが、そこでよろめいた。腕から失血しているせいか体の連係がうまく取れず、転倒の憂《う》き目に遭った。地面にぶつかったスキーはその先の木々へと吹き飛び、彼はボールのように体を丸めて猛然と斜面を転がっていった。

アンダーソンはなんの音か気がついて、回避すべきと思ったが、突然のことで時間がなく、あっと思ったときには、雪上を突進してくる凶暴な熊をヘッドライトの光が照らしだしていた。寸前で左にかわしたが、スノーモービルはまっすぐ木に激突し、アンダーソンは空中に投げ出された。

熊が二台目の前面に大きな前足を振り下ろして瞬時に押しつぶし、操縦していた男は雪上を転がった。必死に体を丸めて身を守ろうとした男に巨大な獣は見向きもせず、回避行動を取ろうとしている残りの二台に襲いかかった。巨大な前足のひと振りで操縦者の一人が吹き飛び、近くの木の幹に激突した。その直後にいた四台目は獣に向かってまっすぐ突進した。激突と同時に操縦者はスノーモービルから投げ出されたが、熊は後ろによろけ、苦痛の怒声をとどろかせて四つ足の姿勢に戻った。

熊の注意がそれた一瞬を利用して、雪にまみれていたアンダーソンが膝をついた。壊れたスノーモービルを銃座がわりにして、そこにライフルを置き、暗視装置で熊に狙いをつけた。

痛みから回復した熊は脅威と見なしたものからなおも子熊たちを守ろうと、ふたたび体を起こして後肢で直立し、頭上に腕を振り上げて、自分にぶつかったスノーモービルの操縦者に打ち下ろそうとした。その瞬間、アンダーソンの銃が火を噴いた。体重四百五十キロの哺乳動物に弾倉《マガジン》の全弾が高速で浴びせられ、胸から血しぶきが噴き出した。

自分の傷を凝視するかのようにしばらく立ち尽くしている熊を、アンダーソンは驚嘆の思いで見守った。ライフルに弾を込めなおそうとしたとき、巨大な動物はくぐもったうめき声をあげ、ついに倒れて息絶えた。

ややあって、二頭の子熊が危険も知らずにそこへ駆け寄り、死んだ熊に鼻をすりつけて悲嘆の叫びをあげた。

アンダーソンはその声も耳に入らず、ふつふつと怒りを沸き上がらせていた。スノーモービルは動かなくなり、部下たちがどういう状況かもわからない。

彼はふーっとあきらめのため息をつき、カール・ジャンクロウを取り逃がしたという現実を受け入れた。

山のふもとでようやくジャンクロウの動きが止まった。深く分厚い雪の上とはいえ、転がり落ちるあいだに木の枝や岩や石にぶつかっていた。全身を打ちのめされ、かろうじて意識を保っている状態だ。ふらつく足で立ち上がり、最後の木々を通って森を抜け、暗い灰色のアスファルト道路へ出た。

あちこち見まわすうち、自分のほうへ光が向かっているのが見えた。

基地からさらに援軍が駆けつけたのかもしれないと、ぎょっとしたが、光が一段だけでないのに気づき、商用トラックとわかった。命の危険を回避できた喜びで熱に浮かされたように道路へ足を踏み出し、痛めていないほうの腕を狂ったように振り立てた。

トラックが警笛を鳴らし、ここではねられて一巻の終わりとなるのかと思ったが、次の瞬間、ブレーキをかける音がして巨大なトラックは減速を始めた。

運転手が運転台を下りてきたときには、ジャンクロウは気を失って凍結した道路に横たわっていた。意識が途切れる直前の頭に充満していたのは、たったひとつの思いだった。

助かった。

2

　アリッサ・ダーラムは手の指をペンチの先のようにして、ちっぽけな岩の露出部をつまみ、痛いくらいきつく締めつけた登山靴の側面を垂直に近い表面に押しつけて、摩擦の力を加えた。

　高さが三十メートルある花崗岩の断崖をフリークライミングしているところだ。彼女にとっては短い距離だが、気温が低く、壁面が薄い氷の層に覆われていて、難度は決して低くない。

　気楽な一人身のころなら、落下防止用のロープも使わず登攀《とうはん》に挑んでいただろうが、大事な八歳の娘のたった一人の親になったいまは、その子が孤児になる危険を冒すわけにはいかない。だからロープも使っていたが、落下からわが身を救うためのものに過ぎず、登る補助に使うつもりはなかった。

娘のアンナは山のもっと高いところでスキーをしていた。アリッサ自身もスキーは得意だが、アンナはレベルが違った。五歳でスキーを始め、その天賦《てんぷ》の才は明らかだった。機会を見つけては二人で山へ行ったが、アリッサはなかなか思うようにその機会を得られなかった。なにしろ仕事はハードで、親は自分しかいない。しかし、片親だけでもどうにかアンナは驚異の八歳児に育ってくれた。二人で山へ出かけるようになったのは、夫のパトリックが他界したあとのことだ。パトリックは愕然とするくらい若い年齢でめずらしい退行性の病に侵され、十二カ月間アリッサの看護を受けたのち、ある夜、静かに息を引き取った——彼にとっては天の慈悲だったかもしれないが、彼女とアンナにとっては身を切られるような結末だった。アリッサは何時間も泣いた。なすすべもなく、絶望の涙に暮れたが、アンナが起きてくる前に気持ちを立てなおした。娘のために心を強く持たなければ。アリッサの両親もパトリックの両親も大きな力になってくれたが、とどのつまり、責任を持ってアンナを育てるのは自分であってほかの誰でもない。

少なくともアリッサはそう思っていた。あの子はパトリックのたった一人の忘れ形見なのだ。

アンナ自身も父親の死にうまく対処できなかった。パトリックは他界する前の苦痛に満ちた一年間、娘の子育てに関わってはいなかったが、父親の死というぽっかりと開いた大きな穴を幼い少女が簡単に埋められるものではない。パパはどこ？　とりわけ、パトリックがよく本を読み聞かせてからおやすみのキスをした就寝時間になると、アンナは際限なくそうたずねた。パパはいつ帰ってくるの？　アリッサはどう説明したらいいのかわからず、アンナは何日も何週間も泣き暮らし、アリッサも娘といっしょに泣いた。

ようやくアンナが立ち直りの兆しを見せたのは、パトリックが亡くなって何カ月かが過ぎ、二人で初めて山へ出かけたときだった。雪が持つ魔法のような性質、谷のおだやかな静けさ、山そのものの壮大さが、アンナに別の世界観を——ひょっとしたらそれ以上のものを——教えてくれ、希望を与えてくれたのだ。アリッサもそれを感じていた。山々の背後にひそむ力を。大切なものをもぎ取られた恐ろしい運命の向こうから、二人の人生に最初に射したかすかな光を。

アリッサとパトリックはウィンタースポーツ・マニアだった。スキー、スノーボード、氷壁登り《アイスクライミング》と、できることはなんでもやった。二人が出会ったのも山だった。自宅から何千キロか離れた山で休日のロマンスが花開いたときは、たがいの自宅が百五十キロしか離れていないとわかって二人で大喜びしたものだ。アリッサが最初に熱中したのはクライミングで、幼いころからその虜《とりこ》になっていたが、パトリックが熱中していたのはスノーボードで、彼の知るかぎりのことをアリッサに教えてくれた。すばらしい年月だった。最初の数年は、仕事の都合がつくかぎりいっしょに山へ出かけた。アリッサは新進気鋭のジャーナリストで、いくつかのローカル紙で最初の修業を積んだあと、全国規模の新聞に進出しようと意を決していた。パトリックは将来を嘱望された検察官で、地区検事長への道が約束されていた。ところが、そんなときアンナが生を享《う》け、地元を離れるのは簡単なことではなくなった。二人は一瞬たりと後悔したことはなかったし、それどころか、別の優先事項が根を下ろしたとき、数年に及んだ二人の冒険はあっさりわきへ押しやられた。

しかし、パトリックが亡くなり、深い悲しみと心の痛みが峠を越えたあと、アリッサが最初にアンナを連れていこうと考えた場所は山だった。パトリックが山を愛していたなら、アンナも好きになるかもしれないと考えたのだ。思ったとおり、アンナは山に心をわしづかみにされた。アリッサの心も久方ぶりに解放された。人生の重荷が魔法のように取り除かれた気がした。

アンナはスキーが気に入った。人が斜面を猛スピードで滑走し、右へ左へ体を傾けては優雅なループを描いて雪中を切り進むのを見て、夢中になったのだ。

最初はアリッサが教えていた。最初のシーズンは用具の着けかた、立ちかた、動きかたといった基本的なことだけで、その後、ためらいがちに練習用の斜面を下ってみると、アンナはそれが大いに気に入った。彼女の目に興奮のきらめきを見、長きにわたって欠落していた小さな女の子らしい喜びを見て、アリッサ自身もうれしくて泣きそうになった。

さらに何度か山の斜面を訪れるうち、アンナは母親が教えられる限界を超えはじめ、アリッサは専門的な指導を受けられる手配に取りかかった。その結果として、今回二人は西部の山奥にあるこの特別な訓練センターへやってきた。ここでアンナはナショナル・チーム選抜の第一段階に挑むのだ。アンナよりアリッサのほうがずっと緊張していたかもしれないが、心配なんて必要ない。何があってもあの子は完璧だ。

山のふもとで二時間くらい暇になったアリッサは、自分も体を動かすことにした。クライミングの魅力——血管をアドレナリンが洪水のように駆け巡って、肉体という壁を乗り越え、壁や岩肌、ひとつの山を征服したときの達成感——には、あらがいがたいものがあった。

壁との戦いは文字どおりのせめぎ合いだ。あらゆる種類の柔軟性が備わっていないと手が届かないちっぽけな手がかりばかりで、氷がなくても充分大変だが、氷があると不可能に近くなる。それでも辛抱強く、ここで二センチ、あそこで三センチと、不退転の決意で断崖絶壁に体を引き上げていった。

ついに岩棚の上に体を引き上げ、しばらく腰を下ろして呼吸を整えた。それから立ち上がり、周囲と上下に広がる輝かしい光景を見渡した。

日射しから目を守るために手を前にかざすと、遠く離れた斜面でスキー学校が開かれているのが見えた。目をぎゅっと細めると、十二人の子どもと二人の審査員がいるのがわかった。明るいオレンジ色のパーカを着て専門家たちの指導に耳を傾けながらてっぺんで待機しているアンナの姿まで見分けることができ、そのあとアンナがスタートして斜面をすべり下りていくところを見ているうちに、アリッサの心には誇りが満ちあふれた。

ほんの二、三分でアンナは斜面のふもとに着き、指導員が彼女に話しかけていた。いい出来だったと伝えているのだろう、とアリッサは想像し、そうであることを願った。

このあと、アンナはもう一人の少女とスキーを履《は》いたままわきへ向かい、山頂へ連れ戻してくれるチェアリフトを待った。ちっぽけな椅子が二人を地面からすくい上げ、それが前に進むあいだにリフトの操作員がT形のバーを閉めた。

アリッサは足踏みをして腕をさすった。いま着ているのはクライミング用の服で、断崖の上に立って観察しているには薄すぎる。ジャケットとブーツはふもとに置いてあった。腕時計で時間を確かめる。一時半を過ぎたところだ。アンナの講習が終わるのは二時の予定だから、動きださなければ。

その音が聞こえたのは、自力で下りる時間があるか、それとも、もっと早いロープを使った懸垂下降《けんすい》にするかと考えていたときだ。金属がねじれる恐ろしくもかん高い音がして、次にバチンというはらわたがねじれそうな音がした。いまのは、まさか……

彼女の目は即座にチェアリフトを見つけ、野球のバットで胃袋を殴られたような心地に見舞われた。チェアが止まっている。ケーブルが動いておらず、座席が前後に揺れていた。

ケーブルは二重になっていて、アリッサがリフト全体を見渡すとその一本がちぎれていた。さきほど谷にこだましたバチンという音はこれだったのだ。ちぎれた箇所の隣に位置している椅子は危険な状態にあった。岩だらけの山腹の十八メートル上にぶら下がっている。かざした手で澄みきった冬の日射しを覆い、必死に目を凝らすと、椅子が傾きはじめてケーブルからすべりだし、オレンジ色のパーカを着た少女が叫んでいるのが見えて、アリッサはがくんと膝をつきそうになった。

すぐさま断崖の上から動きだし、ロープを使ってわずか三回はずんだだけで三十メートルを下りきったあとは、数分で訓練センターに着いた。

　彼女はいま、何十人かの群衆のなかに立っていた。どんどん片側へ傾いてほとんど横倒しになっているひとつの椅子を全員が見上げていた。

「あれはうちの子よ！」左にいる女がヒステリックな金切り声をあげた。「あれはうちの子よ！」女は同じ言葉を繰り返し、どんどん声が大きくなってきた。その夫がやはり恐怖の面持《おもも》ちで妻を引き寄せた。

　ほかの椅子は安定しているらしく、まだちぎれたケーブルの脅威にはさらされていないが、それでも子どもたちはみんな泣いたり叫んだり悲鳴をあげたりしていて、ふもとの親たちが大声で子どもたちに、落ち着け、助けが来ると呼びかけていた。

　アリッサも同じことを自分に言い聞かせた。落ち着いて。うろたえちゃだめ。アンナに大声で呼びかけてもどうにもならないのはわかっている。よしんばほかの騒音をかいくぐって母の声が届いたとしても、激しい恐怖でアンナの耳には血流がどくどく押し寄せていて、ほとんど聞き取れはしないだろう。

　アリッサの目が娘をTバーで固定した操作係をとらえた。「ちょっと！」と彼女は呼びかけ、群衆を押し分けて男のほうへ向かった。「ねえ！」彼女は男の分厚い上着をつかんで引き寄せた。「どうなっているの？」

男もほかのみんなと同じようにおびえた表情を浮かべていた。「ケ……ケーブルが、ちぎれてしまって！」と、彼はつっかえながら言った。

「そんなのは見ればわかるでしょう！」と怒鳴ったところで、また金属が裂ける音が聞こえ、アリッサがそっちへ顔を向けると椅子はもう完全に横倒しになり、女の子たちはTバーに必死にしがみついていた。いつまでもこのままではいられない、とアリッサは判断した。「何か手を打っているの？」と、怒った声で問いかけた。

「山岳救助隊がこっちに向かっています」操作係は少し落ち着きめいたものを取り戻し、なんとか声をしぼり出した。

「どこまで来ているの？」アリッサは切羽詰まった声で答えを求めた。「ここに着くまで、どれだけかかるの？」

叫び声が谷に反響を続けるなか、男はばつが悪そうに足元を見た。そして最後に、「一時間」と答えた。

明るいオレンジ色のパーカを着ているアンナ、落ちたら死をまぬがれない十八メートル上で手を放すまいと必死の娘を見上げて、アリッサは心を決めた。

一定の間隔でケーブルを支えている支柱のひとつを、アリッサは二分たらずで半分くらいまで上がった。保守点検用の段がついていて登ること自体は簡単だが、呼吸を整えるのに苦労していた。チェアリフトのTバーにぎゅっとつかまっている二人の少女が視界に入ると、心拍数が急激に上昇した。

どうするつもりか、ふもとで宣言してきた——支柱をよじ登って、無傷なほうのケーブルを進み、椅子にたどり着いたところで娘を確保し、二人で支柱へ戻って地上へ戻る。腹立たしいことに、力を貸すと申し出る者は一人もいなかった。チェアリフトの操作係も、スキーの指導員も、ほかの少女たちの親たちさえ。彼らがしたいのは抱き締めあって泣いたりうめいたりしながら奇跡が起こるのを願うことだけなのだ。

だが、アリッサは奇跡など信じなかった。奇跡は、二十八歳の若さで病に見舞われた夫を救ってくれはしなかったし、ここで娘を救ってくれもしない。わたしが自力で救わなくては。もう一人の少女を救出する努力が必要になるのもわかっていた。残りのケーブルがちぎれず、必要な時間、女の子たちが手を放さずにいてくれることを祈るしかない。

それが起こったのは、アリッサが支柱のてっぺんでケーブルに体を結びつけていたときだった。また金属がかん高い音をたて、ねじれた不自然な姿勢がもたらす圧力で椅子の取り付け具が折れた。椅子全体がぐっと六、七センチ沈みこんだところで残りの取り付け具が持ちこたえて、動きが止まった。

しかし、もう一人の女の子が手を放してしまった。無情にも椅子の座席をすべり落ちていき、小さな手を必死に伸ばして、つかむものを——なんでもいいから——見つけようとしたが、そこには虚空があるだけだった。少女の悲鳴が山の冷気をつんざき、アリッサは思わず目をつぶった。下の群衆もショックのあまり声ひとつたてることができず、そのあとドサッと胸の悪くなりそうな音がして、少女は絶命し、あとはしんと静けさに包まれた。

アリッサが目を開いてアンナに焦点を合わせると、娘は反射的に隣の子に手を伸ばしたらしく、彼女もまた忘却の彼方へと座席をずり落ちはじめ、アリッサは喉から心臓が飛び出しそうになった。

アリッサはケーブルに体を引き寄せると、逆さまの状態で頭を娘のほうに向け、太い金属ケーブルに両脚をぎゅっとからめて進みはじめた。失敗は許されない。絶対に。あんな悲劇を経験したあと、こんなことが起こるなんて。絶対にあってはならないことだ。

アンナはTバーの先端をなんとかつかむことに成功していた。ケーブルの下からそれが見えた。娘の小さな体はいま、椅子の下にぶら下がっていて、虚空に両脚をばたつかせ、顔を涙が伝い落ちていた。

「マミー」娘がおびえたささやき声で叫んだ。「マミー、助けて……」

アリッサはケーブルを引き寄せて進む速度を上げ、ズボンの脚にケーブルが食いこんで、摩擦で皮膚が水ぶくれになった。もうあとほんの五メートル……三メートル……二メートル……もう少しで手が届く……

「助けて、マミー……」と娘は懇願したが、小さな手に限界のときが来て、ついに手がバーから離れた。はっと息をのむと同時に、彼女もまた隣の子と同じように椅子から氷点下の冷気のなかを落下しはじめた。

だめ！　ベルトクリップひとつと脚の力だけで体を支えていたアリッサはケーブルの下で揺れながら片手を伸ばし、もう片方の手も伸ばした。数センチ先の娘へ。

しかし、間に合わなかった。一生守ると誓った小さな娘が、かわいいアンナが、冷たい虚空を十八メートル下へ落下していくところを、アリッサは吐き気に見舞われながら呆然と見つめていた。

悲鳴とともにベッドの上にがばっと跳ね起きた。全身汗びっしょりで、ブルッと体を震わせた。あの寒い雪と氷のなかへ戻ったかのように。あの恐怖の場面に戻ったかのように。

しかし、今回もただの夢だった。悪夢だ。三年前に娘を亡くして以来、ずっと見てきた夢だ。見る回数は減ってきているが、甦《よみがえ》ったときの衝撃に変わりはない。

頭を振り、ベッドわきのテーブルに置かれたグラスの水をひと口飲んだ。

横の電話が鳴りだしてぎょっとし、膝の上に水をこぼした。時計を見る。午前三時を回ったところだ。いったい誰、こんな時間に？

しぶしぶながら、受話器を上げた。「はい？」

「アリッサ？　きみか？」

ただならぬ感じの声が回線の向こうから呼びかけてきて、アリッサはたちまち警戒態勢に入った。「どなた？」と、彼女はたずねた。

「きみの知っている人間。昔のクライミング仲間だ」ぴりぴりした声がそう告げ、アリッサは名前を言えないのだと気がついた。何があったかは知らないが、カール・ジャンクロウが一般の電話回線で名前を口にしたくないのは明らかだった。

「どうしたの？」わけがわからず、彼女はたずねた。カールから電話をもらったのは何年ぶりだろう。

「いまも〈ポスト〉の仕事をしているか？」と、こわばった声が答えを返した。

「ええ」と、アリッサは認めた。「事件部の上級記者よ」カールはどんな仕事をしていたんだった？　コンピュータに関係がある仕事だったような記憶があるが、正確に思い出すことができなかった。

「いま起こっているいろんなことについて、きみに聞いてもらう必要があるんだ。ほら、飛行機の墜落事故とか、動物の発狂事件とか。なんのことかわかるか？」

「ええ」と、アリッサは言った。世界の誰でもなんのことかわかるだろう。いまはどこでもその話で持ちきりだ。この国最大級の企業による脱税事件に取り組んでいる最中だから、彼女自身はその話を追っていないが、ここ数日の記事には全部目を通していた。「あれがどうしたの？」

カールは一瞬言いよどんで、それからまた口を開いた。話を続けるために勇気をかき集めていたかのように。「あれはぼくの職場に関係している、あることによって引き起こされていると思うんだ」

アリッサは一瞬、言葉に詰まった。鳥が飛行機を襲い、魚が何百万匹も死に、巨大な石像が動き、もう何年も会っていないコンピュータ分野の友人カールが、それらの出来事にはつながりがあるだけでなく、じつは彼の職場に関係する何事かによって引き起こされていると示唆しているのだ。

この業界で生きてきた年月で彼女には懐疑的な姿勢が身についていたし、話がとっぴすぎる気がしたが、無視するわけにもいかない。「いま、どこで働いているの？」と、彼女は用心深くたずねた。

「この回線では話せない」と、カールは即答した。「直接会って話を聞いてくれないか」

3

アリッサは人込みをかき分けるようにして地下鉄へ向かい、街路の混雑ぶりに目をみはった。どこを見ても、例の動いた石像――光り輝く〝奇跡の像〟――の複製や模型を手にした人たちがいた。引き伸ばした写真を持っている人たちまでいた。みんながあれを何かの先触れと考えているらしい。

単なる石像でなく宗教的な偶像だけに、いっそう人々は思いを強くした。夢を見ていたわけでも、信用ならない少数の狂信者たちが戯言《たわごと》をつぶやいていただけでもない。あの出来事は――奇跡という言葉を使っていいか、まだアリッサにはよくわからなかったが――何人もの人がその一部始終を撮影していて、いまではこの星に暮らす人間の三分の二くらいが視聴したとみられている。信仰を捨てていた人々がたちまち信仰を新たにし、ほかにもいろいろな集団が出現して、正統派の宗教とは大きくかけ離れた内容を説きつけていた。像そのものを崇め、あれは元から神聖な存在だったのだと公言する狂信集団もいたが、ああいう集団の大半はできてから一週間に満たないのではないか、とアリッサは思っていた。それはともかく、群衆にもまれながら進んでいくあいだに彼女の目を引いたのは、終末思想を説く集団だった。正統派宗教の信者十人に対し、〝世界の終末〟を唱えるこうした新しい宗派の信者が二、三人はいるのではないだろうか。日を追うごとにその数が増えていた。

左にいるひとつの集団がとりわけ彼女の注意を引いた。すぐそばの一団ではないが、いちばんたくさんの人が演説者のまわりに群がっていた。群衆に語りかけているのは筋骨隆々とした体に浅黒い肌の男だった。年齢を推し量るのは難しく、三十代から五十代のどこであってもおかしくない感じがした。肌は若々しいが、目には老いが感じられる。ただ、彼女の目を引いたのはその男の身体的な特徴ではなく、両腕に金色の腕輪をはめたシャーマンのような白衣と針金のような太く濃い頭髪を押さえている金色のヘッドバンドという服装でもなかった。もっと別の何か――この男から放射されて人々を引きつけているらしいエネルギーだ。アリッサもそれを感じて、群衆のほうへ引き寄せられ、思わず耳を傾けていた。

「わが兄弟姉妹たちよ」男はどことなく催眠的なところを感じさせる、音楽的な深みのある美しい声で厳《おごそ》かに語りかけた。「いま、わたしたちは岐路に立っている。生と死を分かつ大きな岐路に」彼は両手を大きく上へ広げた。「来るべきときが近づき、わたしたちの上には大きな変化が訪れる。この世界はみずからを刷新し、わたしたちを捨てて新たなスタートを切る必要がある。地球は生まれ変わらなければならない」

すぐそばで彼を取り囲んでいる人々が膝をついて頭を垂れた。彼らはそのあと顔を上げて空を見上げ、ふたたび頭を垂れるという動きを何度も繰り返し、アリッサが聞いたことのないような祈りの言葉をつぶやいた。

そのあいだに男がまた口を開いた。「各国政府は自然を思いどおりに支配しようとしているが、自然の力は政府よりはるかに強大だ。小手先の細工で出し抜くことも、押しとどめることもできない。来るべきときはすぐそこまで来ている。

わたしたちの時間は終わり、それを受け入れる以外にない。もういちど言おう。わたしたちは運命を受け入れなければならない。地球はみずからを浄化しなければならない。生命が新たなスタートを切るために。地球を生き長らえさせるため、わたしたちはこの世を去らなければならない。信じなさい。これはまごうかたなき真実だ」

もうたくさん、とアリッサは思った。ほかの集団とほとんど変わらない。どこかで聞いたことのある話ばかりだ。不可思議な現象が起こったときにはよくあることだった——説明のつかないことが起こったり、世界が破滅の危機に直面していると思えたりするときには。かならず狂信集団や異端の宗教が現れて、訴えるのだ。世界は確実に終わり、それを食い止める手立てはないと。信じる者は現世の財を捨て、静かに終わりを待つようにと。その財産、つまり現金や車、家、株式といった、来るべき世界の終末と向きあうのに〝必要ない〟ものはすべて教団が引き受ける。その結果、彼らは一夜にして莫大な富を手に入れる、というのが典型的なパターンだ。

浅黒い肌を持つ男に不思議な魅力があるのは確かなようだし、ある種の技術に精通しているのも確かなのだろうが、その本質についてアリッサはなんの幻想もいだいていなかった。詐欺師以外の何者でもない。

彼女はきびすを返し、例の異様な出来事の数々についてカール・ジャンクロウはどんな解決の光を与えてくれるのだろうと考えながら、ふたたび地下鉄に向かって歩きはじめた。

いっぽう、浅黒い肌の男のほうもアリッサ・ダーラムに目を留めていた。会ったことがあるわけではないが、オズワルド・ウンベベにはどんな種類の人間かわかった。いまいましい新聞記者だ。天《あま》の邪鬼《じゃく》な連中の一人だ。経験から、あの手の人種であることがわかった。おそらくあの女は、この〈惑星刷新教〉も現状につけこむまがいものの狂信集団と思ったことだろう。ずっと昔から存在する教団だとは夢にも思っていない。この教団ははるかな昔からあった。誰も想像できないくらい遠い昔から。おそらくあの女はまったく気がついていない。わたしが唱えている終末の予言は、だまされやすい人間が苦労の末に手に入れた金銭を手放すように仕組まれた妄言ではないことに。

そう、わたしが語っているのは偽りの言葉ではない。どんなに受け入れがたい話であろうと、予言の内容は真実なのだ。

4

アリッサはかけ心地のいい革のベンチシートでカール・ジャンクロウの隣に座っていた。後ろから十代の若者たちの興奮に満ちた声が聞こえている。ジェットコースターがゆっくり動きだしたときにはキャアキャアと笑い声がはじけた。

カールから遊園地で落ちあおうと提案されたとき、アリッサは驚いたが、よくよく考えてみれば理にかなっている。この地域、つまり、都市の外へ突き出した半島の海浜リゾートにはこういう遊園地が三つあり、カールが選んだのはそのなかでいちばん古い――アリッサにとってはいちばん魅力的な――ひとつだった。

家族や友だちとここの乗り物に乗って、幾多の楽しい時間を過ごした。そのころの記憶が全部、鮮明に甦ってきた。ジェットコースターの轟音《ごうおん》、スリルを求める人たちの喚声《かんせい》、綿菓子とホットドッグのにおい、ネオンのまぶしい光、巨大な遊園地を訪れた何百人もの人々にスリルと興奮を運ぶ回転木馬と大観覧車。

ずっと昔、カール・ジャンクロウはアリッサと夫、両方の友人だった。もう思い出したが、彼はシステムエンジニアをしていて、パトリックからどんなに優秀な技師か聞かされたものだ。クライミングの名手でもあったカールは二人の旅に何度か同行したことがあった。ところが、その後アリッサが妊娠して、彼女とパトリックにとっての優先順位が変わった。何度か会う機会をつくろうとしたが、結局、この旧友とは連絡が途絶えてしまった。

この遊園地にも一度いっしょに来たことがある。三人で。まだアンナが生まれていなくて、パトリックの病気も発症しておらず、アリッサの人生を永遠に変えたあの事故も起こっていないころのことだ。あれは夏の日だった。まだ三人とも若くて屈託がなく、人生の喜びをあるがままに享受していた。いい時代だった、とアリッサは思った。今日ここに来ている群衆も、市の中心部で増大している混沌からはなんの影響も受けていないように見える。たしかに、ここは落ちあうのにいい場所だ。もっと大事なのは、騒々しく混雑している点かもしれない。誰かに尾行されているかもしれないとき、相手をまくのにもってこいの場所だ。話を偶然聞きつけられる可能性も低いだろう。

しかし、いざ落ちあったとき、カールはそわそわと落ち着きのない様子で、電話の声から感じた以上に大きな不安に駆られているようだった。彼はジェットコースターに乗ろうと言った。まわりがどれだけざわついていても、二人の会話がモニターされている可能性はあると言って。彼の疑心暗鬼ぶりを見て、アリッサは少し気が楽になった。じつは、今日のために変装してきたのだ。長年にわたって、秘密の情報源と会うときにはかならずそうしてきた。

ジェットコースターの車両が動きだし、坂を登りはじめて、否応なしに乗り物の旅が始まったときも、カールはまだ無言を通していた。アリッサはあえて催促せず、彼がどんなことを知ったのか話してくれるときを辛抱強く待った。

最初の頂《いただき》へたどり着いたとき、アリッサのなかに思わず興奮が湧き上がってきた。古い木製ジェットコースターがもたらす物理的なスリルと、カールの語る秘密への期待が相半ばして。

コースターの車両が頂を乗り越えて、胃をきゅっと縮ませる最初の下りへ向かいはじめたとき、ようやくカールがアリッサに顔を向けた。十代とおぼしき後ろの若者たちが思いきり喚声をあげ、皮膚が波打つようなスピードで車両が勢いよくレールを駆け下りるあいだに、彼がアリッサに耳を近づけるよう頭で身ぶりをした。

彼女は顔を寄せたが、彼の口が耳元にあっても神経を集中しないと声は聞き取れそうにない。

「アリッサ！」軌道のたてる轟音と喚声に負けないよう、カールが声を張り上げた。「いま起こっている現象だが、あれは自然現象じゃない。あれは――」

アリッサの耳元からカールの顔が離れ、次の言葉はとらえることができなかった。彼女がさらに顔を寄せたとき、彼女の頰に彼の頭がのしかかった。

顔を引き戻して彼を見た瞬間、ジェットコースターの動きとは関係なしに、胃袋が飛び出しそうになった。カールはまだ目を見開いて――口を開けたまま――まっすぐ前を見つめていた。恐ろしいことに、額の真ん中にきれいな穴が開いて、信じられないという表情で固まった顔に血が滴り落ちていた。

ジェットコースターに乗ってから初めて、アリッサは金切り声をあげた。

「よくやった」狙撃手が装着している無線機のハンドセットにアンダーソン大佐から称賛の言葉が寄せられた。プロの兵士は一キロくらい離れた建物の屋根で命令遂行に必要な位置を定め、銃撃用のラグマットの上に体を横たえていた。「さあ、次は女のほうだ」と、アンダーソンがうながした。

狙撃手はジェットコースターの軌道を光学照準器でたどり、何が起こったかを理解して金切り声をあげはじめた正体不明の女を追った。まだ角度が万全でないが、次の坂を下り、坂を上がってカーブを回りこんだところなら申し分ない。

「承知しました」男は自信たっぷりに答えた。

三十秒後には道具を片づけ、ここから急いで立ち去っているだろう。


アリッサは自分が過呼吸に陥りはじめているのがわかった。とっさに車両の座席で体を丸めて的をできるだけ小さくし、呼吸の制御に努めた。山中で過ごした年月からパニックは最悪の敵という知識を植えつけられていたからだ。

いまの弾はどこから来たの？　狙撃手はどこにいてもおかしくない。わたしのことも狙っているの？　もちろんそうだ。彼女はすぐさま理解した。カールを殺したのが彼の口を封じるためなら、この時点ですでに何か聞かされている可能性を考えて、わたしも始末しようとするはずだ。

いまここで何が起こっているか、わたし以外に気がついている人はいない。後ろの子たちはジェットコースターの旅に夢中だし、どのみち全員が絶叫している。この乗り物は地上から大きく離れているうえ、猛スピードで走っているから、地上にも何が起こったか気がついている人はいない。頼れるのは自分だけだ。

ジェットコースターのスピードは考え事には厄介だったが、何をしなければいけないかはすぐにわかった。車両の中にいたら、静止した的も同然だ。何者かは知らないが、敵は素人ではない。カールの額の真ん中を撃ち抜いたほどだ。このままジェットコースターの中にいてはいけない。車両が動いているうちに降りなければ。

あの女、いったい何をしているんだ？　第二の目標が座席で身をよじりはじめたのが見えて、狙撃手はいぶかった。

すでに可能なかぎり体を低くしていたが、これは想定内だ。それだけなら、このまま十秒後に運命の一撃が放たれる。ところが、いま彼女は体をよじっていた。懸命に体をよじっている――

脱出する気か！　狙撃手は思わず心のなかで標的を称賛した。ほとんどの人間は恐怖で判断力を失い、なんの抵抗もできなくなる。ところがこの女は違った。そう、車両の外へ出ようとしているのだ。次はどうする？　飛び下りるのか？

狙撃手は無駄な抵抗と判断して心を落ち着け、引き金を引くチャンスを待った。


膝の上でアリッサの体を固定している安全バーはカールの体も固定していて、彼の脚は彼女のよりかなり太いから、バーと彼女の太股《ふともも》のあいだには少なくとも二、三センチのすきまがあった。動くには充分だし、抜け出せるだけのすきまもある。

自由の身になったときにどうしたらいいかはわからないが、優先順位の高い問題から処理していくしかない。ひとつずつ片づけていこう。ジェットコースターの車両に閉じこめられている状態から抜け出すことが先決だ。体の位置を変えて、座席からすべり出ようとした。バーを押しやって体を持ち上げるのが理想だが、加速しているジェットコースターの上では難しそうだ。それがなくても彼女の自衛本能は、体を低く保ってこれ以上的を大きくするなと命じていた。

死んだ友人の膝に頭を置いて、座席に体を倒し、狭いすきまから懸命に脚を引き抜こうとした。なんとかしてこの安全バーから下半身を解放しなければ。うめき声とともに片方の膝がスポンと抜け、彼女は急いで脚を座席の上に伸ばすと、腰の位置をずらしてもう片方の脚を抜いた。そこでジェットコースターはまた別の頂へ向かう上りに差しかかり、減速しはじめた。

両脚が自由になったところでカールの膝の上から頭を持ち上げ、危険を承知でちらっと軌道を見た。前方にカーブがある。なら、ジェットコースターは次の頂から猛然と駆け下りる前に、もう一段減速する。

行動に出るならいましかない。

「目標が動いています」狙撃手がプロフェッショナルらしい淡々とした声で報告した。

「どういう意味だ？」遊園地のすぐ外で、キャンピングカーを改造した移動指揮所からアンダーソンがたずねた。

「車両の外へ出ようとしています」

「撃てそうか？」アンダーソンはすぐさまたずねた。

「いえ」と、狙撃手は返答した。「まだできません。カーブを曲がるまでは。いま……」

言葉が一瞬途切れ、アンダーソンには狙撃手が女の動きを注意深く見守っているのがわかった。そのあと、無線機から何度か鈍い音が聞こえた。狙撃手が銃撃している音だ。しかし、音の数が多すぎる。

「どうした？」アンダーソンが強い口調でたずねた。

「仕留めそこないました」と、狙撃手が答えた。「標的に反対側から外へ出られ、車両を盾《たて》にされました。女はいまトンネルの足場に入って、地上へ下りようとしています」

「くそっ！」アンダーソンがののしりの言葉を吐いた。「目を離すな。撃つチャンスがあったら撃て」無線の接続を切ると、アンダーソンはチャンネルを変えて残りの隊員たちにつなげた。「全員に告ぐ、ジェットコースターに集まれ。女が逃げ出した。絶対にこの遊園地から生きて帰すな」

〝減速〟区間に入ったとはいえ、まだコースターは恐ろしいスピードで動いていた。しかし、銃弾はもっと恐ろしい。アリッサは最後にひとつ大きく息を吸うと、心を静め、車両の外へ体を振り出した。

手から数センチのところで木材のかけらが飛び散り、頭の片隅がその情報を処理して、狙撃手が撃ってきたのだと理解した。車両が弾をさえぎっているうちに側面を必死につかみ、次の行動のタイミングを慎重に測った。

一……二……それっ！

ジェットコースターを手放し、木でできた軌道の横へ足を踏み出した。動く車両の勢いで足がよろめいて倒れ、軌道の端から地上までの十二メートルをあやうく落下しそうになった。だが、トンネルの足場に張りめぐらされている金属の筋《すじ》交《か》いをなんとかつかむことに成功し、体勢を立て直すことができた。

彼女の行動に気づいた下の人たちから叫び声が発せられ、人々が彼女を指差しているのがちらっと見えた。そのとき、金属の筋交いに何かが当たって片方の手が足場からぱっとはじかれた。直後に弾が跳ね返る音がして気がついた。狙撃手がまた狙ってきているのだ。さっきまで盾にしていたジェットコースターの車両はもうない。

彼女は恐怖にあえぎ、軌道の横からまっすぐ飛び下りて下の筋交いをつかむと、木製の軌道が盾になってくれるよう願いつつ、足場の中でもういちど気を落ち着かせた。

ゆっくり息を吐いて心を静め、下を見た。野次馬が集まってきている。人がいるのがわかってほんの少しだけ安心した。いったんあの中に紛《まぎ》れこめば、危険を冒してまで殺そうとはしないはずだ。

山で娘の命を救えなかった運命の日から、クライミングはずっと封印してきた。しかし、屋内施設の壁すら訪れたことはない。どうしてもやる気になれなかったのだ。しかし、この状況であの日のことにこだわってはいられない。全身にアドレナリンが押し寄せ、何年ぶりかで登攀の欲求が呼吸の衝動と同じくらい強く自然なものになった。

彼女は腹をくくり、そろそろと足場を下りはじめた。

「人が大勢います」ジェットコースターに向かっている部下の一人が言った。

「こいつは多すぎる」

アンダーソンは状況を理解した。遊園地から入ってきた別の情報で、もう乗り物は停止しかけているのがわかった。女が足場へ移ったところを目撃した人間が多すぎる。乗り物が止まって、カール・ジャンクロウの死体が見つかったときには……

ぱっと頭に考えがひらめき、彼は親指でマイクをいじくった。「警察の身分証を使え」と、彼は隊員たちに命じた。「足場の下の一帯から人払いをするんだ。女が下りてきたら、逮捕しろ」

元々の計画では、本物の警察が乗りこんでくる前に連邦職員を装ってこの一帯を監視下に置き、ふたつの死体をジェットコースターから搬出する旨を遊園地当局に通告する予定だった。だが、いまのところ死体はひとつだけで、そこから少々厄介な状況が生まれていた。

それでも、敵と接触したあと当初の計画のまま最後まで行けることなどめったにないのをアンダーソンは心得ていた。大事なのは柔軟な対応だ。アンダーソンは新たな命令を発した。あの女がジャンクロウを殺害したと主張して——銃弾が遠くから撃ちこまれたものとは、すぐにわかるまい——隊員たちがジャンクロウの死体を運び出すあいだに、別の隊員たちが乗りこんで女を〝逮捕〟し、遊園地から離れた人目のない場所で始末すればいい。

半分下りたところで群衆が散っていくのが見え、どうしたのかとアリッサはいぶかった。そこへスーツを着た男が六人やってきて彼女を見上げた。拳銃を抜き、バッジらしきものを抜き出す。警察？

アリッサは少しだけ緊張を解いた。助かった。これで大丈夫だ。警察が駆けつけてくれた。あとは彼らにまかせればいい。車両を六つ連ねた乗り物が停止した場所へ目を向けると、別の男たちが何人かでカールの死体を引っぱり出し、ショックで悲鳴をあげている十代の若者たちを制していた。遊園地の警備員がこの区域に非常線を張って立入禁止にし、ほかの乗客を外へ誘導していく。よかった、これで大丈夫、とアリッサは心のなかでつぶやいた。

そこでふと動きを止め、急いで考えをめぐらせた。あの人たちはなぜ死体を動かしているの？　あそこは殺人現場でしょう？　殺人現場をいやというほど取材してきたから、死体を動かしてはいけないのは知っていた。あの警官たちは鑑識や現場捜査班が来るまで現状を維持すべきなのに。よくよく考えてみれば、そもそも私服警官がここで何をしているの？　下に六人いて、別の六人が死体を引き受けている。なぜ彼らはこんなに早くここへ駆けつけられたの？

何かおかしい。何がおかしいのか、すぐにわかった。スーツを着たあの十二人は警官ではない。ここにいるのは、わたしを殺すためだ。そう考えないと筋が通らない。彼らは死体の身元が割れないうちにカールを片づけようとしているのであり、わたしを待ち受けているのは仕事の仕上げをするためだ。

アリッサは周囲を見まわし、脱出経路を探した。彼女の動きが止まったのを見て、下にいる〝警官たち〟の顔が、救助に駆けつけた人間の友好的な表情から憂上げた。

慮の面持ちに変わった。彼女がなおも動こうとしないのを見て、彼らは下襟《えり》のマイクに話しかけ、イヤホンに耳を傾けてから、懸念の表情を強めてまた彼女を見上げた。

アリッサは不安に駆られ、周囲を急いで見渡した。いま乗っている足場は軌道の一区間に巻きつく形になっているから、そこを伝って地上へ下りることができる。いまいるのは足場の内側だが、むきだしの金属構造はさらに外まで張り出していることに気がついた。太い金属の筋交いのすきまから目を凝らすと、反対側の下に売店や露店がいくつか並んでいた。店を覆っているキャンバスと足場は三十センチくらいしか離れていない。

迷わずくるっと体を回し、身をよじりながら金属のすきまを通り抜けて構造の外側へ向かった。手でしっかり金属を握り、巧みに体を動かしながら軌道のそばを通り過ぎる。下の十メートルほどには、むきだしになった金属の棒と冷たいコンクリートの地面しか見えない。

下から偽警官たちの大声が指図してきた。戻ってこいと怒鳴っているが、アリッサは耳を貸さず、足場の反対側へ急いで向かった。下の男たちが彼女のところへたどり着くには、大急ぎでジェットコースターの構造全体を回りこむしかない。振り向くと、すでに彼らは駆けだしていた。脱出に使える時間は一分もない、と彼女は判断した。

しなやかな体で金属のすきまをするする通り抜け、筋交いをしっかりつかみながら足場の外側へ抜けると、下に小さな売店と露店が並んでいるのが見えた。二分あればそこまで下りられそうだが、それでは間に合わないのもわかった。殺し屋たちはあと三十秒くらいで駆けつけるだろう。

弾が跳ね返る音がして傷ついた金属が熱い火花を散らし、アリッサはぎょっとした。ふたたび全身にアドレナリンが押し寄せ、心拍数が急上昇して、手のひらが汗ばんだ。金属をつかんだ手がすべって離れそうになり、危うく地上へ落下しそうになったが、彼女のなかに染みついた長年の登攀本能のおかげか、かろうじて手だけは放さずにすんだ。

いまのは狙撃手だ、と胸のなかでつぶやいた。追っ手はもう死に物狂いになっている。軌道の内側へ弾を撃ちこめる場所に位置を定めたらしい。足場のすきまを縫《ぬ》って撃ちこむしかなかったから仕留められずにすんだのだ。この状況ですぐ近くまで撃ちこめる点だけ見ても、凄腕の持ち主にちがいない。次の瞬間、また何発か弾が発射され、金属の筋交いが散らした火花が顔の皮膚を焼いた。

アリッサはとっさに、追っ手の男たちがまったく予期していない動きに出た。すーっと大きく息を吸うと、体をかがめ、足場から地上に向かって跳躍した。

狙撃手が凝視しているあいだに、彼の標的は地上十メートルから飛び下りた。何を考えているんだ、あの女？

視界良好とは言いがたく、その多くが足場の重い金属にさえぎられていたが、女が落ちたわけでないのはわかった。そう、あの女は脚を折りたたんで、意図的にジャンプしたのだ。銃撃におびえ、破れかぶれの脱出を試みたのか？

きわめて困難な状況だったとはいえ、それでも仕留めそこなったことには憤懣《ふんまん》やるかたない思いがあった。女がほかの工作員たちに背を向けて離れていこうとしているのがわかった時点でアンダーソンに銃撃を命じられ、命中が奇跡に近いのは承知のうえで運にまかせて試みたのだが、狙撃手は失敗を受け入れられない性分だった。

しかし、最初から撃つ必要などなかったのかもしれない。体に銃弾を浴びなくても、コンクリートの地面に激突すれば即死は免れないのだから。

アリッサは意を決して足場から前方へ跳躍し、地上に向かって落下するあいだに何十センチか前へ出られますようにと祈った。ジェットコースター施設のそばに並んでいる売店のひとつの、キャンバスを広げた屋根に足が着地した。

布地がたわむ。破れる！　と、アリッサは覚悟したが、次の瞬間、張り詰めたキャンバスを手で押して衝撃を散らし、脚にためこんだ力でふたたび跳躍して、前へとんぼを切ることに成功した。空中で体をひねって屋根の端をつかみ、体を振ってぐるっと向きを変え、そこで手を放して、仰天している野次馬たちのあいだに着地した。

自分の向こうで群衆が分かれるのが見え、数秒後には殺し屋たちがやってくるとわかった。彼女は反対側を向いて駆けだし、大勢の人を押しのけていった。何がなんでも逃げ切らなくては。心臓が激しく打ち、胸から飛び出して爆発しそうな気がした。

「状況は？」二十分後、失意のアンダーソンが現状報告を求めた。

返ってくる前から答えはわかっていた。「だめです」と、返事が来た。「見失いました。どこにもいません」

アンダーソンは返答もせず、親指で無線を切ると、椅子にどっかり背をあずけた。なぜこの作戦はこんな惨憺《さんたん》たる結果に終わったのか？　座席に縛りつけられた無防備な標的ふたつくらい、仕留めるのは簡単だったはずなのに。しかし、あのいまいましい乗り物の構造から女が飛び下りるとは、誰が予測できただろう？　いや、予測しておくべきだった。それが自分の仕事なのだ。準備に数時間しかかけられない緊急の活動だったのは確かだが、そんなことは関係ない。もっとうまく対処できたはずだ。

ジャンクロウが行方をくらましたあと、アンダーソンは彼を捕らえるために利用可能な装置を総動員する許可を取りつけたが、それでもやはりあのコンピュータの専門家はじつに狡猾だった。使ったはずの交通拠点でことごとく探知をかいくぐり、捜索の網から完全に逃れてしまったのかとアンダーソンは不安に駆られた。

しかしそのあと運命の介在により、音声認識ソフトが公衆電話から遊園地にかけられた電話をとらえた。ジャンクロウの声が開園時間の細かな情報を問い合わせていた。

アンダーソンはただちに行動を起こした。遊園地の周囲に監視所を設置し、常時そこを監視下に置いた。しかしそれには時間がかかったし、ジャンクロウはすでに遊園地を訪れて帰ったあとで、ふたたび行方をくらました可能性もあると危《き》惧《ぐ》していた。あの電話もこっちの気をそらすおとりで、追跡者の時間を無駄遣いさせ、おちょくってやろうという計略だったのではないかとも考えた。

だが、部下の隊員たちはジャンクロウの姿をとらえた。あの男はまず一人で遊園地に入ってきて、そのあと女と合流した。彼女が接触先、つまり手はずを整えて落ちあった相手なのは明らかだった。だが、彼女はいったい何者で、ジャンクロウはなぜ彼女と会ったのか？　恋人なのか？　法執行機関か政府機関の人間なのか？　それとも——これが最悪のケースだろうが——報道関係者なのか？

アンダーソンは高画質で撮影するよう命じておいた。いま政府のスーパーコンピュータ数台が女の正体の割り出しに全力を挙げている。しかし念のため、アンダーソンはジャンクロウといっしょに女も始末するよう命じた。情報が外へ漏れ出る危険を冒すわけにはいかないからだ。

しかし、あの謎の女に逃げられたいま、ジャンクロウから彼女にどんな情報が伝えられたかわからないし、彼女がそれをどうするつもりかもわからない。何者かさえわかっていないのだ。

だが、ひとつだけわかっていることがあった。椅子の背に体をあずけ、痛む体を伸ばしながら、アンダーソンは心のなかでつぶやいた。何者だろうと、かならず探し当ててみせる。

5

デイヴィッド・トムキン将軍は電話に出ながら椅子のなかで伸びをし、疲れた手足にいくらかなりと活力を取り戻そうとした。軍に生涯を捧げ、過去三十年間、母国が関与するさまざまな前線で戦ってきた。最初は歩兵隊の将校、次は特殊部隊に属し、そのあと情報部門に移った。根っから活動的な人間で、五十代後半のいまでも、最近のように体を動かす機会がないと悲鳴をあげたくなる。

どの国からも一目置かれているこの国の軍隊で最高ランクの軍人であることは間違いないし、与えられた地位を誇りに思い、重く受け止めている。だが、どれほど重要な誉れ高い地位にあろうと、戦闘部隊の作戦指揮権を手放した事実に変わりはない。統合参謀本部議長は大統領と国防長官の軍事顧問であり、その役目は助言を行うことだ。おかげでトムキンはうんざりするくらい長い時間を机の前で過ごしていた。

それでも、この地位には大きな影響力がついてくる。人事と予算ににらみを利かせ、世界最強の軍隊の機構と運用に力を及ぼすことができる。軍事予算をこれほど巧みに操れるようになるとはまったく思っていなかった。世界最悪の地獄のような戦場で小隊を率いていたころは、財務政策のことなど考えるよしもなかった。しかし年月を経て階級を上げていくにつれ、巧みに予算を組むことの重要性に気がついた。〝巧みに〟というのは、ある種の〝極秘〟プロジェクトを隠し、政府に決して気づかれることがないという意味だ。長年のうちに軍事予算を操作する技術を編み出し、いまではその手の計画――兵器研究、テロ容疑者対象の違法な収容所、秘密〝鎮圧部隊〟、準軍事的暗殺部隊――を、人の目に決して触れない場所へ隠すことができるようになった。

今朝、国防長官のジョン・ジェフリーズが電話をかけてよこしたのも、その技術が理由だった。「ジョン」盗聴される心配がない安全回線にトムキンは穏やかに呼びかけた。「元気か？」

「元気だ、デイヴィッド」ジェフリーズもトムキンと同じく温かな声で返答した。

「元気かい、家族のみんなは？」

「まあ、悪くない。また孫が一人宿ったそうだ。こんどはマギーだよ、あの子の初子になる」

「おめでとう、それはすばらしい。これで何人だった？　六人か？」

「七人目だ」と、トムキンは訂正した。彼には子どもが四人いて、うち三人は結婚してそれぞれ子どもがいるし、残る一人もつい先日、ようやく婚約した。トムキン自身は結婚して四十年近くになり——職業軍人にとってはちょっとした勲章だ——家族のことは大きな誇りだった。「クリスマスは出費がかさむな。それだけは間違いない」と、彼は冗談めかした。

「ちがいない。うちにも六人いるから、その辺の事情はよくわかるよ」回線の向こうから含み笑いが伝わってきて、そのあとぴたりとそれが止まった。世間話はおしまいで、ジェフリーズが仕事の話を始めようとしているのだとトムキンは気がついた。「それで、例の〈スペクトル9《ナイン》〉だが、進捗状況を聞かせてもらえるか？」

トムキンは首を傾けてコキッと鳴らし、椅子のなかで居住まいを正した。伸ばした脊椎《せきつい》ひとつひとつに痛みが走る。「試験は順調に進んでいる」と、彼は答えた。「まもなくシステムの準備が整うはずだ」

「われわれのほかに、あのプロジェクトのことを知っている人間は？」ジェフリーズが不安げにたずねた。

「いない」と、トムキンは即答した。「知ることは不可能だ。プロジェクトの資金調達情報は厳重に包み隠され、このわたしでさえもう全部の詳細はわからないくらいだ」

「人的要因のほうに危険はないのだろうか？」ジェフリーズがさらにたずねた。

「誰かから話が漏れる可能性は？」

「プロジェクトの関係者で話を漏らす者はいない。全員が愛国者で、標準をはるかに超えた念入りな検査が行われている。それに現地では、アンダーソン大佐が状況に目を光らせている」

受話器からジェフリーズのうなり声が聞こえたが、トムキンはその反応にも驚きはしなかった。アンダーソン大佐は評判の男だからだ。

アンダーソンからついさきほど入った知らせはトムキンの期待に添ったものではなかったが、カール・ジャンクロウにからんでどんな事件があったかを教えてくれた。ジェフリーズに気を揉《も》ませる必要はない、とトムキンは判断した。ジャンクロウが死んだのは朗報だったが、まだ身元の確認ができていない新しい厄介者がいるという。アンダーソンから送られてきた写真でその女の身元を徹底調査するよう命じておいたが、まだ成果は上がっていない。大いに気がかりではあったが、ジェフリーズにこの件を説明するのはまだ時期尚早だ。しょせん、戦略的な問題ではなく作戦運用上の懸念に過ぎない。

「それを聞いて安心した」と、ジェフリーズは最後に返答した。

また一瞬、言葉が途切れ、ジェフリーズは電話をかけてきた本当の理由を口にするつもりだ、とトムキンは思った。「しかし」ジェフリーズは意を決し、おそるおそるといった感じで言った。「最近起こったいろんな出来事から、なんらかの問題が生じる可能性はないのだろうか？」

その点を考えて、こんどはトムキンが言葉をとぎらせた。それについてはいやというほど考えてきたが、まだ百パーセントの自信は得られていない。たしかに、絶対何も起きないとは断言できない。しかし、ジェフリーズにそう伝えるつもりはなかった。「まったくない、ジョン、その点は心配しなくていい」彼はきっぱり言った。「絶対にない。つまり、われわれのところまで足跡をたどれる者はいないという意味だ。わたしを信じろ」

「きみのことは信じている」ジェフリーズは即座に言った。「確信が欲しいだけだ。完成した計画、うまくいく計画、結果が保証された計画を持って、大統領のところへ行く。大統領はわれわれの話に耳を傾け、われわれの願いどおりにあれを使ってくれるかもしれない。しかし、その前に情報が漏れて、われわれが何に取り組んできたかが露見したら、それで一巻の終わり――つまり、その先には刑務所が待っている」

「わかっているよ、ジョン」トムキンは相手をなだめるように返した。「ちゃんとわかっている。しかし、信じてくれ。準備が整うまで、大統領に気づかれることはない。気がつく者はどこにもいない」それどころか、とトムキンは胸の内でつぶやいた。あれが使われるまで、大統領は気がつかないだろう。ひょっとしたら、使われたあとも。もしかしたら、永遠に。ジョン・ジェフリーズが知らない計画を、トムキンは胸に秘めていた。大統領は〈スペクトル9〉の使用を許可しない。正気を失いでもしないかぎり、一顧だにしないだろう。だから、大統領に判断をゆだねるなんてありえない。

トムキンは一人ほくそ笑んだ。大統領が知らないうちに計画を実行すれば、この身に害が及ぶことはありえない。永遠に。

6

ジャック・マレーは椅子を後ろへ傾けて伸びをした。危なっかしい形で回転椅子のバランスを取りながら、手の指先から足の爪先までをまっすぐ伸ばす。

ここに来て何時間になるだろう？　ワークステーションの前に置かれた座り心地のよくない椅子に背をあずけながら、マレーは計算した。十四時間か。このいまいましい机の前に十四時間もいたなんて、考えただけで背骨がきしみをたてそうだ。

ほかに選択肢がなかったわけではない。六時間前にひと区切りつけることもできた。しかし、終わりにしたところで、どこかへ出かけるあてがあるわけでもない。この研究基地は人里離れた地の果てにあり、外は猛吹雪に見舞われている。天候の状況が変わるまで、安全のため、全職員が基地内に留まるよう勧告されていた。マレーが住むアレンバーグという小さな町のアパートまでは車で四十五分以上かかるし、しばらくあそこへは戻れないという事実を彼は甘んじて受け入れていた。特別なことでもない。

基地には、職員が泊まれるように宿泊施設もある。軍の兵舎にあるような簡易ベッドだけの寄宿舎だ。ぎりぎりまであそこへ行くのは避けたい。みずから残業を志願したこともあり、眠りにいくのはあと二時間経ってからのつもりでいた。もういちど伸びをしながら、どっちのほうがひどいだろうと思った——ここの回転椅子か、それとも職員用宿舎にある鉄の簡易ベッドか。

やるべき仕事はある。数日前、カール・ジャンクロウが雪崩《なだれ》に遭って以来、取り組まなければならない仕事はふたつになっていた。それだけでなく、カールが悲劇的な死を遂げたのも、いま職員が基地に閉じこめられているのと同じ理由からだった。あの日も天候が悪く、カールが車を制御しそこねたのはおそらく視界の悪さが原因だったのだろう。突然のことで代替要員も手に入らず、あれ以来、マレーが自分の仕事と並行してジャンクロウの仕事を引き受けてきた。

　カールのことを考えると心は千々に乱れた。もう一年以上も、向かいあわせで仕事をし、冗談を言いあったり、軽口をたたきあったりしてきた仲だった。カールもアレンバーグに住んでいる――いや、に住んでいたか、と沈む思いで訂正した。だからいっしょに夜を過ごすこともよくあった。アレンバーグは世界一刺激的な町とはとうてい呼べないまでも、ナイトライフはそれなりに楽しく、最後は女性といっしょというパターンも少なくなかった。素朴で端正な顔立ちに、リズミカルなバリトンの声、出会った相手の心をつかむ能力に恵まれているマレーにとっては、とにかくありがたいことだった。カールは頭がよくて面白い男だったが、その魅力はマレーと同種ではなかった。マレーがシステムエンジニアと聞くと――国内トップクラスの工科大学で博士号を取っているのだが――きまって誰もがびっくりする。その同じ人間が、カールがそれを生業《なりわい》にしていることには納得するのだ。

　ちくしょう。誰もいない向かいのワークステーションを見て、マレーは内心つぶやいた。寂しいよ。規格外のコンピュータおたくで、お人好しのカール。いい友だちだったのに。

　カールのことを頭から追い払い、よくあることなのだと自分に言い聞かせた。人は死ぬ。それでも世界は続いていく。それがこの世の本質で、いやでもそうなるしかない。ずっと昔、どうして人は死ぬのと質問したとき、父さんはなんて答えた？

「ジャック」彼の父親は、肉体労働者らしい大きな手を五歳の息子の両肩に置いて、こう言った。「みんながずっと生きていたら、暮らす場所がなくなってしまうだろう？　食料も。この世界は限られた大きさしかないんだ。そういうことだ」

　たしかに道理にかなっていたし、二度と同じ質問はしなかった。二年後、母親が時速百キロ近くで走ってきた車にはねられ、全身の骨を砕かれて彼の元から奪い去られたときも。わずか十二歳だった妹が飼い犬を助けようとして溺死したときも。父親が長年勤めてきた工場が化学物質の漏出を野放しにしていたために父親が敗血症に侵され、死の床についていたときも。マレーは泣いたし、嘆き悲しんだし、ふつうの人が感じることをすべて感じたが、これが人生なんだ、と思った。受け入れるしかないと。

ここの仕事に応募したとき、地の果てにあることは気にならなかった。あとに残していく人がいたわけでもない。軍が運営している施設だから、厳しい審査と保安検査を受けたし、政治思想について質問を受けたときも驚きはしなかった。大学の友人たちが彼の学生運動について何か話したのだろうが、あれは有害なたぐいの運動ではなかった。あれのせいか、学業成績のわりに雇用条件はよくなかったが、別にかまいやしない。自分はいまここにいる。大事なのはそこだ。

この基地に、彼がここで働いている本当の理由を知っている人間はいない。雪に覆われた地表に設置されている巨大なレーダーアンテナ群の三十メートル下で、大勢の技術者がワークステーションに向かっている大きな部屋を彼はぐるりと見まわし、何やら身の置きどころがないような心地がした。友人たちやここの同僚のなかにせめて一人くらい話せる相手がいたらいいのだが。しかし、どんな反応が返ってくるかはわかっている。社会や宗教、現状を維持するための制約や規制に強く条件づけされている人たちが、彼の人生における真の目的を受け入れてくれるとは思えない。

このプロジェクトが世界を救えることをジャック・マレーは知っていたし、彼の人生の目的はそれを実現させることだった。

7

アリッサ・ダーラムが市内に戻ったときは夕暮れが近づいていた。数々の疑問が頭を駆けめぐっていたが、答えは何ひとつなかった。カールは何を伝えたかったの？　彼の命を奪ったのは誰なの？　いまわたしを殺そうとしているのは何者なの？

答えのカギがカールの勤務先にあるのはわかっていたから、遊園地の出来事でまだ激しく動揺してはいたが、まっすぐ〈ニュー・タイムズ・ポスト〉へ向かうことにした。編集局長のジェイムズ・ラシュトンが救いの手を差し伸べてくれるだろう。彼ならきっと、できるかぎりの力になってくれる。警察に行くよう勧められるだろうか？　もちろん彼はそうするだろう。でも、別の方法で説得しよう。司法当局そのものが信用できるかどうかわからないのだ。自分に調査させてほしいと説得しよう。新聞社の情報資源《リソース》を駆使してカールの勤務先を突き止め、そこからさらに先へ踏みこみたいと。

彼女を悩ませている疑問がもうひとつあった。敵は——彼らが敵なのは間違いない——わたしの素性を知っているのだろうか？　遊園地で着用したウィッグとサングラスはあまり高度な変装とは言えないが、多少の時間は稼いでくれるかもしれない。その点はすぐにはっきりするだろう。わたしが何者かを知っているなら、頭に銃弾をめりこませるために仕事場のそばで待ち構えているはずだ。

職場へ向かう前に、いま街の広場で起こっていることをぜひとも自分の目で見ておきたかったが、タクシーではそこまで近づくことができなかった。市内全域で道路が何キロにもわたって渋滞していた。だからタクシーを降りて、料金を支払い、自分の足で歩きはじめた。街へ戻る途中ラジオで聞いた話が本当かどうか、ぜひとも自分の目で見ておきたかった。

車だけでなく、歩いて近づくのも大変だった。広場に近づくほど群衆が大きくなってくる。すべての市民が自分の目で見たいと思っているらしく、その結果、歩行者の動きも路上の車と同じく制限されていた。

それでもじわじわと、少しずつでも前に進むことはでき、やがて広場にたどり着いた。警察がバリケードを築いて、その仕切りで人々をコウモリから切り離そうとしていた。何百万匹ものコウモリから。

アリッサもこんな光景を見るのは初めてだった。広場は文字どおりコウモリで埋め尽くされていた。体と体を重ね合わせ、街の中心に造られた市民の憩《いこ》いの場をすきまなく隅から隅までびっしり覆い尽くしている。ラジオではその数を千二百万匹と推定していた。この二、三時間でそれだけの数がこの広場をねぐらに定めて舞い下りてきたのだ。前代未聞、未曾有《みぞう》の状況だった。これでは、世界の終末を予言する人たちをますます勇気づけてしまうではないか。

彼女は群衆を見まわし、早くも説教師たちが駆けつけてきていることに気がついた。正統派の宗教に属する者もいれば、例の石像を崇拝する狂信集団の者もいて、それ以上に目立つのが終末論を唱える異端派だった。道をまっすぐ行った先に、白衣をまとって金色の腕輪とヘッドバンドをはめている男がいて、そのまわりに人だかりができていた。カールに会いにいく途中、彼女の目を引いた男の服装に似ている。同じような輩《やから》があちこちにいるのだ。ここから記事が一本書けるかもしれないと思いながら、アリッサは障害物を回りこみはじめた。

あいにく、仕事場があるのは広場の反対側だ。腕時計で時間を確かめた。四時半。彼女はため息をつき、ラシュトンがいるうちにたどり着けますようにと祈った。

およそ一時間後、アリッサはラシュトンのオフィスがあるビルの二十一階で板ガラスの窓から広場を見渡していた。この高さから見ても信じがたい光景だった。

「まだ日中だというのに」驚嘆の思いを隠さず、彼女は言った。

「たしかに」ラシュトンはそう言って湯気の立つカップを差し出してくれ、アリッサはありがたく受け取った。「コウモリはこんな行動を取ったりしない。そもそも、いったいどこから来たんだ？　この州にあんな数のコウモリはいないし、市内に限ればなおさらだ。どう考えてみてもあんな数がいるとは思えない。それでも、どこかから来たのは間違いない」彼はやれやれとばかりに頭を振って、それから目を上げた。「しかし、まず大事な話から始めよう。警察に電話したほうがいいんじゃないか？」

「だめよ」とアリッサは即答し、頭を横に振った。

「アリッサ、その連中は危険だ」と、ラシュトンが言った。「狙撃手がいた？ 警察を装っていた？ それに、調べたかぎりでは、きみの友だちの死体が存在したことを裏づける証拠はどこにもない。裏で誰が糸を引いているのか知らないが、これはプロの手口だ。きみの素性はまだ割れていないかもしれないが、突き止められるのは時間の問題だ」

「ジェイムズ、いまは誰も信じられないの。彼らが本当に警官だった可能性だってあるのよ。汚職警官とか、ほかの誰かに雇われていたとか。警官を装っていたというのは、わたしの憶測に過ぎないの」

「連邦捜査局に友人がいる」

「でも、連邦職員だって誰かに話を通す必要が出てくるわけでしょう？ そしたらどんなことになるかわからないわ」彼女はもういちど首を振った。「その前に自分で少し探りを入れたいの。カールがどこで働いていたのか、どんなことに関わっていたのかを突き止めて。それがわかれば、誰が関与していて、誰と接触すればいいか、いまよりきちんと把握できるかもしれない」

ラシュトンは見るからに不安そうに飲み物を口にした。「友だちのカールの勤め先といま起こっている例の異様な出来事につながりがあるなんて、本気で思っているのか？」

「カールに重要なことを知られたと、何者かが考えたのは間違いないわ。それが何かは知らないけど、人の命を奪うだけの値打ちがあることなのよ」

「だから心配なんだ」と、ラシュトンは返した。


アリッサは疲れてこわばった顔にコンピュータ画面の青白い光を浴びながら、次々とデータベースにあたっていた。もう時間も遅く、調査室に残っている記者はほかに一人しかいない。エドゥアルド・ルベックの担当は性的不道徳の方面で、彼は夜型人間として知られていた。

これが初めてではないが、この新聞社に膨大な情報が蓄えられていることにアリッサは感謝した。何分かすると、カールが首都の一流企業数社にハッキング対策プログラムを提供していた前職から転職した証拠書類が見つかった。三年ちょっと前のことだ。しかし、転職先を突き止める作業は容易ではなかった。

国防総省にヘッドハンティングされて仕事を請け負うことになったのはすぐにわかったが、配属先がどうしても見つからない。

別のやりかたを試すことにした。自動車の登録情報に一致するものがないか調べてみよう。アリッサにこの手の情報を調べる権限があるわけではないが、この業界が長いだけにハッキングのイロハくらいは知っていたし、車両データベースは政府サイトのなかでもいちばん侵入しやすい。

アリッサの目がぱっと明るくなった。カールセン・D・ジャンクロウの名前で登録されているSUVが見つかり——ありきたりな名前でなくてよかった、と心のなかで感謝した——彼女は急いでその住所をメモした。

アレンバーグという極北の小さな町にある賃貸アパートだった。どこからも遠い人里離れたところにある、文字どおりの原生地域だ。こんなところで彼は何をしていたの？

少しコーヒーを飲んで、コンピュータの検索エンジンに新しいキーワードを入力した。〝コンピュータ　システム　アレンバーグ〟。

たちまち検索結果が現れ、ラップトップ・コンピュータの修理からソフトウェアの特別注文まで、地元の仕事関連のサイトが何十か出てきた。しかし、国防総省の許可が要りそうなものは見当たらない。

もういちど、別の検索ワードで試してみた。〝軍　研究　アレンバーグ〟。

コーヒーをもうひと口飲むあいだに、検索結果が現れ、彼女はざっと目を通した。今回はどのサイトにも同じ四文字の頭字語が記載されているようだった――

ＨＩＲＰと。

どこかで見たような――

なんの前触れもなく、座っていた椅子がぐらっと揺れた。熱いコーヒーがこぼれて脚にかかり、そのあとまた椅子が揺れた。彼女は足を踏ん張って体のバランスを保った。

向かいに座っていたルベックの体が大きく後ろへ傾き、彼は大きく目を見開いた。ルベックが彼女に「地震だ！」と叫び、それと同時に部屋全体が揺れはじめて、机が床を移動し、壁がさざ波を打った。

照明が消えたときアリッサは短い悲鳴をあげたが、気を落ち着けてルベックをつかみ、机の下へ引っぱりこんだ。こうすれば天井が落ちてきても少しは身を守れる。それが一般常識じゃなかった？　でも、よくわからない。この街に来てから地震が起こったのは初めてだった。

部屋は揺れつづけ、掛かっている絵が激しく震えて壁から落下し、床にガラスが砕けた。隣のルベックが憐《あわ》れな声を漏らしている。

始まったときと同様に、とつぜん地震は終わった。暗闇のなかでルベックが彼女にしがみついていることに気がついて、アリッサは目をむいた。何秒かすると、また照明がともった。

ルベックとアリッサはテーブルの下にぺたんと座り、ショックに青ざめた顔でただ見つめあっていた。

アリッサはコンピュータをちらりと見上げた。ふたたび画面が現れて、ウェブページを再読みこみし、どこか見覚えがあるような気がするＨＩＲＰという頭字語が、調べを続けてみろとばかりに彼女を挑発していた。

8

「大丈夫か？」消防隊員と救急隊員が構造工学エンジニアのチームを伴って建物に入っていくところをアリッサが街路の雑踏から見守っていると、ラシュトンが声をかけてきた。遅い時間だが、この近くには住宅街もいくつかあり、そこの住民も外へ避難してきているようだ。

ラシュトンがまだ帰っていなかったのがわかり、アリッサはびっくりしたが、驚くことではなかったかもしれない。新聞社の外の広場を何百万匹ものコウモリが占拠していて、この国だけでなく世界のいたるところで不思議な出来事が起こっているのだから、彼には対処しなければならない記事がそれこそ何百本とあるだろう。

「大丈夫よ、ジェイムズ、ありがとう。心底びっくりしたけど」大丈夫というのは少し事実に反していた。地震による動揺は治まったわけではない。それだけでなく、友人が自分の隣で射殺されたうえに自分まで命を狙われるはめになって、彼女の神経はまだズタズタに裂かれていた。しかしいつもの方式にのっとり、最善の方法で対処することにした。もつれた感情を頭から追い払って、仕事に神経をそそぐのだ。心理学者には叱り飛ばされるかもしれないが、この方法が自分にはてきめんなのだ。

　すぐにも調査室へ戻りたいところだが、損傷の評価がすむまで市内の建物からはすべて退避するよう指示が出されていて、安全と判断されるまでは戻ることができない。周囲を見まわし、案外小さな地震だったことに気がついた。結局、倒壊した建物はなかったからだ。それでも、少なからぬ数の窓から煙が噴き出していて、用心するに如《し》くはない、と改めて思った。

　ラシュトンも同じ考えのようだった。「まいったな」と、彼は言った。「たぶん、あと何時間かは中へ戻れない。それでも、危険は冒さないほうがよさそうだ」彼はもういちど彼女を観察した。「本当に大丈夫か？」

アリッサはうなずいた。「考え事をしていただけよ」彼女はいちど言葉を切って、それから彼に顔を向けた。「ＨＩＲＰという政府の研究プログラムだけど、心当たりはない？」と彼女はたずね、そのイニシャルを見せた。

ラシュトンはつかのま眉間にしわを寄せ、それからうなずいた。「うん、あるような気がする。カールの職場はそこだったのか？」

「ええ、そのようなの。彼はどこかで国防総省の仕事をしていたの。彼の車が登録されている町の近くで軍に関係のある施設はＨＩＲＰだけなのよ。あそこへ戻れたら」と、アリッサは彼らのオフィスを身ぶりで示した。「確かめてみるわ。それで、どういうところなの、そこは？」

「記憶が確かなら」ラシュトンはおもむろに切り出した。「そのＨＩＲＰというのは高周波電離層探査計画《ハイフリークエンシー・アイオノスフエリック・リサーチ・プロジェクト》の略称だ」

「一体全体、何をするところ？」

ラシュトンが微笑んだ。「このプロジェクトのことを知っているのは、去年、ジェイミー・プライスがそこを取り上げる予定だったからだ」

「予定だった？」と、アリッサは先をうながした。

ラシュトンがうなずく。「結局、ボツにせざるをえなくなったがね」と、彼は認めた。「いい記事だったが、裏打ちする証拠がないうえに、ちょっと挑発的すぎた。好奇心をそそる内容だったが、噂と状況証拠以外に根拠がなくてね」

車輪つきの担架《たんか》が勢いよくそばを通りかかって、窓から煙が出ている建物へ向かい、二人はそれをよけなければならなかった。男か女かわからないが、救急車へ運ばれていく被災者がいて、それを人々が撮ろうとカメラを用意しているのを見て、アリッサは少し狼狽《ろうばい》した。カメラを構えている何人かは顔見知りの記者だったが、仕事だからといって気分がよくなるものでもない。

「それで？」と、アリッサは編集局長に顔を戻した。「いまの話、続けてくれる？」

「ＨＩＲＰは二十年以上前、気象データを調査・研究するために立案されたプロジェクトだ。電離層は電波信号の大きな伝導体らしく、純粋に科学的な計画として始まったものだったが、この研究を踏まえて電離層を活用することで通信ナビゲーション技術の向上が可能とわかったとき、軍が関心を持った。潜水艦部隊と通信する際の盗聴防止技術や、地中レーダー技術、たとえば中東の洞窟体系を調べてそこにテロリストが暮らしているかどうかを確かめられるような技術のことだが、それも国防総省にとっては関心を持っていることの一部に過ぎない」

「それほど常軌を逸したものが隠れているようには思えないけど」と、アリッサは感想を述べた。「ジェイミーの記事はどういうものだったの?」

「うん、すべての始まりは、基地の近くにある小さな村の住民が頭痛を訴えはじめたことだった。頭痛といっても、よくある小さな頭痛のことじゃなく、体力が消耗するくらい激しい頭痛に、村民のほとんど、百人以上が見舞われたんだ」

「それで?」と、アリッサはうながした。「彼はどんなことを突き止めたの?」

「うん、いろいろ調べてまわった結果、その場所に関する噂がいくつか見つかった。といっても、軍が科学的な研究にのりだして、人目につかない秘密めいた基地を設置したときに予想されるたぐいの噂ではあった。ほら、あそこで造っているのは新型の大量破壊兵器のたぐいじゃないか、核兵器より恐ろしいものじゃないか、ひょっとしたら生物兵器や化学兵器かもしれない、みたいな。マインドコントロールの実験をしていて、住民をおとなしくさせ、みんなを政府の言いなりになる人間に変えるために特殊な電波を打ち出している、という説もあったな」

アリッサはうなずいた。その辺の事情はよくわかっている。〝秘密〟という冠がついた計画は、何事によらず、たちまち頭のおかしな連中の攻撃目標になる。そういう輩は問題のプロジェクトに、おそろしく想像力に富んだ目的、つまり突拍子もない目的を、競って考え出そうとするのだ。それでも、ジェイミーのようなベテラン記者が調査にのりだした事実には興味を引かれた。「で、ジェイミーの見解は？」

「それが、彼が村民に取材をしようとあそこへ乗りこんだときには、すでにＨＩＲＰの弁護士たちが示談交渉に入っていた。村民はそれを受け入れて、以来いっさい口を閉ざしてしまい、ジェイミーに何ひとつ話をしようとしなかった。最近行われた実験の責任をＨＩＲＰは認めたらしい。たしか、潜行中の潜水艦の通信状況を確認するためにレーダーフィールドから五秒間電波を打ち出しただけという説明だったかな。とにかく、そういうわけで、誰も話をしてくれず、ジェイミーはＨＩＲＰ広報への取材しかできなかったし、その取材も基地で行われたものではなかった」

「じゃあ、基地を見ることすらできなかったわけ？」

「遠くから何枚か写真を撮ったが、新聞に使えるようなものは一枚もなかった。ずっと離れたところからだったし、辺境の地で、外部から守られてもいる」

「それじゃ、その基地へ行ったことのある外部の人間は一人もいないの？」いっそう好奇心をそそられて、アリッサはたずねた。

「まあ、そこまでは言わない。実際、毎年、施設の公開日を設けているし、メディアの人間も参加できる。もちろん、施設全体に機密を保持するための厳しい体制が敷かれているから、自由に歩きまわれるわけじゃないが、どんなことをしているかは見せてくれるし、研究の多くはネット上に公開されてもいる」

「その公開日が近づいていることを願うしかないの？」

「前回はちょうど二カ月前だから、来年までないな。それ以外の期間にメディアを招き入れることはない。さて、どうする？」

アリッサはしばらく考えこみ、担架に乗せられた遺体がそばを通り過ぎたことにも、あちこちからカメラのフラッシュが焚《た》かれたことにも気がつかなかった。最後に彼女は心を決めて、こう言った。「まず、カールがそこで働いていたことを確認するわ。確認が取れたらジェイミーに会って、どんなことがわかったのかを確かめてから、自分で基地に乗りこんでくる」

「しかし、どうやってそんなことをするつもりなんだ？　メディアも外部の人間もお断りなんだぞ、忘れたのか？」

アリッサは意を決したように真顔で彼を見た。それから、「方法なら見つけるわ」と言った。

9

オフィスが使えるようになったのは夜の十二時近い時間だったが、それでもアリッサは初志貫徹した。使用許可が出ると同時に調査室で前と同じコンピュータに向かった。ルベックは戻らないことにしたようだが、地震前と違って部屋は人でごった返していた。なんといっても地震は大事件だ。特に、この街では。〈ポスト〉には勤勉で献身的な、世界レベルの記者たちがいる。しかし、彼らがここにいるのは地震の記事を書くためだけでないことに、すぐ彼女は気がついた。ここ以外でもいろんな災害が起こっていたのだ。

それどころか、地球の広範囲にわたって小規模な自然災害が起こっていた。

ネットでニュースをチェックしてみると、漁村が洪水に襲われ、砂漠地帯の都市が砂嵐に見舞われ、火山が巨大な灰の塊を吐き出していた。惨状の画像が次々と画面に現れる。

隣の机に座っている地元出身のタイラー・ブラッドショー記者がアリッサに顔を向けた。「見た目ほどはひどくないのかもしれない」あまり自信がなさそうな口ぶりで彼は言った。「こっちであった地震と同様、どの出来事もみんな小規模災害に分類されている。しかし、それ以上に心配なのは」と、彼は続けた。「これだけの広範囲でこれだけたくさんの災害が発生している点だ。この何時間かだけとっても、世界各地でこういう小規模災害が十四件発生している。信じられないような数だ」と彼は言い、頭を振った。

二時間後、カールが〈高周波電離層探査計画〉基地で働いていた明白な証拠が見つかった。

調べるべき場所が判明したことで作業は進めやすくなった。ＨＩＲＰに調べを集中すればよくなり、照準が絞られたおかげで、効率的に時間を使うことができた。

ラシュトンが指摘したとおり、ＨＩＲＰ基地の活動についてはさまざまな側面をウェブで精査できるようになっていた。研究結果のデータを公開しているページを調べていると、ようやくふたつの文書にカールの名前が見つかった。肩書はコンピュータ・ネットワーク保安システムコンサルタント。問題は、二年前の文書のため、その時期にそこで働いていた証拠にしかならない点だった。いままでずっとそこで仕事をしていたとは限らない。

基地の〝公開日〟に撮影されたグループ写真にも、彼の姿があった。数多くのサイトにアップされているようだ。ふたつの文書より少し最近のものだが、それでも日付は一年以上前だった。

データの公開ページからさらに深く掘り下げていくと、基地の職員が作成した会報を保管しているファイルが見つかった。公開ファイルではないが簡単にたどり着けた。職員の会報だし、機密情報が書かれているとは考えられていないのだろう。手作りパンの即売会やソフトボールの試合についてのお知らせを延々とスクロールしていくと、二週間前の会報に、ついに探しているものが見つかった。

〝今週火曜日午後七時からアレンバーグの〈ベア・タヴァーン〉で冒険同好会の会合を開きます。議題は、会のグライダーを格納する新しい場所について。全会員の出席を願います。会長カール・ジャンクロウ〟。これはカールが殺されたときにまだこの基地の職員だったという、動かぬ証拠だ。

そういえば、カールは前からクラブ活動や会合が好きだった、とアリッサは思い出した。たしか、初めて会ったときも、どこかのスキー協会の会長を務めていた。当時の記憶が目の前にぱっと甦ってきた。さまざまな催し、パーティ、そして、人の顔……

どうして早く、これを思い出さなかったの？

ののしりの言葉を吐きそうになりながら、彼女は電話に手を伸ばした。遅い時間だが、知る必要がある。うまくやれば、基地に入りこめる可能性はラシュトンが心配していたほど小さくないかもしれない。

遅い時間でどうかと思ったが、呼び出し音が二回鳴っただけで、こわばった涙声が電話に出た。「もしもし？」

「エリザベス・ギャツビーさんですか？」いまの反応から間違いないと確信し、

アリッサはたずねた。エリザベスはカール・ジャンクロウの妹で、この涙声がアリッサのかかえていた疑問のひとつに答えてくれた。カールが亡くなったことはすでに伝わっているようだ。

「はい」と、エリザベスは答えた。「どちらさま?」

「覚えていただいているかどうかわかりませんが、アリッサ・ダーラムといいます。ずっと前、二度くらいパーティでお会いしました。カールの友だちです」

エリザベスはまた涙ぐみかけたが、なんとかそれを抑えつけた。「ああ……はい、覚えています」

「お兄さんの訃報を聞いて、お悔やみを申し上げたくて。彼とはいい友だちでしたから」

「ええ、覚えています……どこでお聞きになったんですか?」

「新聞記者をしていますから」と、アリッサは答えた。「電信のひとつで名前に気がついて、連絡してひとことお悔やみを、と思いまして。何があったかはご存じなんですか?」と探りを入れた。尋問めいた口調にならないよう気をつけてはいたが、即答を引き出したかった。

「はい……。地元の警察、つまりカールが暮らしているところの警察から電話があって、事故に巻きこまれたと。車を運転中に雪崩に遭ったそうで……」声が上ずりはじめ、相手が泣いているあいだアリッサは話を続けられるようになるのをひたすら待った。「遺体は見つかっていない……このまま見つからないかもしれないって。おお！」また泣きだしてしまったようで、アリッサは身につまされた。

カールがずっと妹の身近にいたこと、年上の兄らしく何くれとなく妹の面倒を見ていて、妹が兄を慕っていたことを、アリッサは覚えていた。アリッサも肉親の喪失を経験していたから、カールの妹がどんな思いを味わっているかは痛いほどわかる。

ようやくエリザベスは話を続けた。「ほかにも犠牲者がいたそうで、カールがおつきあいしていた女性だと思います。リアンと言ったかしら。その辺の事情はよく知らなくて……カールが向こうへ行ってからは、ずっと会っていなかったんです。なかなか基地を離れられなかったみたいで」

このリアンという名前を調べること、とアリッサは頭にメモをした。雪崩というのはうまい理由づけだと思った。ああいう土地なら遺体が永久に見つからなくてもおかしくない。なにしろ、はるか極北の地だ、誰も捜そうとはしないだろう。「ＨＩＲＰ基地から何か連絡はありました？」何か情報が得られないかと、次にアリッサはたずねた。

「ご存じなんですか……兄が働いていたところを？」エリザベスが驚きをあらわにたずねた。

「単なる推測です」と、アリッサは落ち着いて返した。「あの町で彼が働いている場所は、あそこ以外にないだろうと思って」

回線の向こうでエリザベスは考えこんでいるようだった。「そうなんです」と、最後に彼女は答えた。「父も母も亡くなって、カールは独身だったから、わたしがいちばん近い親族で。二、三時間前にその基地から電話が来ました。お悔やみと、兄の遺品を引き取りに来たいかどうかの問い合わせでした」

声にできない願いが確認されて、アリッサは胸を躍らせたが、いきなり湧き上がってきた興奮をなんとか抑えこんだ。「じゃあ、あそこへいらっしゃるの？」

「そうしたいところなんですが」と、エリザベスは返した。「時間の余裕がなくて。子どもが学校に通っていて、自分の仕事もあるし、どうしても時間が割けません。だから、遺品は梱包してこっちへ送ってほしいとお願いしました」彼女はいちど言葉を切った。「カールの遺体が見つからなくても、葬儀はわたしたちの教会で執り行うつもりでいます。司祭に話をする必要があるから、来週の前半になると思いますが。あなたにも参列していただけたらうれしいわ」

カールがこの世からいなくなった現実が激しく胸に迫り、アリッサはぐっと涙をこらえた。「行かせてもらいます」彼女は鼻をすすりながら言った。「ありがとう、エリザベス」

五千キロほど離れた、盗聴される心配がない通信室で、ニール・ブライスナー博士は電話がつながるのを待っていた。汗をかいているのは、部屋にぎっしり並んだ電子機器から生み出される熱のせいではない。できることならしないですませたい会話のせいだ。

ややあって、ブライスナーの前のスクリーンにデイヴィッド・トムキン将軍の映像が映し出された。高画質の大きな映像だ。おかげで、あの男とこの部屋にいるみたいな感じがして、神経がいっそうぴりぴりした。

「博士」と、トムキンが呼びかけた。

「こんばんは、将軍。お元気ですか？」そう挨拶の言葉が口をつくと同時に、なんて陳腐な受け答えなのかと、ブライスナーは顔をしかめた。

「機嫌なら悪いから、冗談は抜きでいこう」トムキンは素っ気なく言った。「そっちはどうなっている？」

「ああいう現象が現れるのは、前からわかっていました」と、ブライスナーは答えた。それだけでなく、ああいうことが起こる可能性がどれくらいあるか、トムキンには事細かに説明したはずだ。

「現象なんてものじゃない」トムキンはいらだたしげに言った。「われわれが目にしてきた出来事は、夜にきらめく大きなネオンサインのようだった。これは受け入れがたい事態だ、博士」

ブライスナーはうなずいた。「おっしゃるとおり。たしかにまずい事態です。しかし残念ながら、研究の過程であああいうことが起こるのは避けられません。なんの問題も起こらず装置の試験が終了するなんてことはありえないのです。その点はご理解いただきたい」将軍に対して言葉が過ぎたかと、ブライスナーはひやりとしたが、相手は一瞬黙りこんでからうなずいた。

「よかろう。起きてしまったことはしかたがないし、あとからそれをなかったことにはできない。それだけの価値はあったと言ってくれたらそれでいい。装置はもう使える状態なのか？」

ブライスナーは首を小さく横に振った。「劇的な威力があるのは間違いありません。その点は明らかです。しかし、まだ使える状態とまでは言えません。解決しておかなければならない細かな点がいくつかありまして。制御と誘導の問題なんですが。あの装置には寸分違わぬ正確さが必要で、現時点ではその点が保証できません。しかし、着実に完成に近づいています」ブライスナーは誇らしげに言った。「完成間近と言ってもいい」

トムキンはうなった。「もうすぐなんて話は聞きたくない、博士。欲しいのは結果だ。そのために支払いをしているんだ」

「計画は順調です」と、ブライスナーは返した。

トムキンはコンピュータ画面越しに、突き刺すような青い瞳で相手を見つめた。

「よかろう」彼は最後に言った。「絶対に、遅れることがないようにな」

ブライスナーはうなずいた。将軍を失望させたらどうなるかはわかっている。

コンピュータ画面の接続が切れた直後、机の電話が鳴って、ブライスナーはぱっとそっちへ顔を向けた。急いで受話器をつかむ。「もしもし？」

「エリザベス・ギャッツビーという方から電話がありまして」と、オペレーターが告げた。「先日亡くなったカール・ジャンクロウの妹さんだそうです。直属の上司が不在なので、受けていただけますか？」

「わかった」とブライスナーは答え、電話をつなぎなおすあいだしばらくメロディが流れていた。

「もしもし、ブライスナー博士ですか？」受話器の向こうから女の涙声がたずねた。

「そうです。エリザベスさんですか？」思いやりに満ちた声で彼はたずねた。アンダーソンが何をしたかは知っていたし、ジャンクロウの妹に〝事故〟という公式見解が伝えられ遺品を送ることになったことも知っていた。あの事件の処理はすべてすんだはずだ、なんの用なのだろう、と彼はいぶかった。

「はい」と、返事が来た。「遅い時間に申し訳ありませんが、気が変わりました」

「えっ？　気が変わったとおっしゃいますと？」

「カールの遺品を受け取りにいくお話です。行くことにしようと思いまして。なんていうか……気持ちに区切りをつける必要があると思って。まだ大丈夫でしょうか？」

大丈夫？　ちくしょう、そんなわけないだろう。しかし、常識的な対応をする必要があることもわかっていた。この女を怪しませてはならない。付き添いをつけて基地に入れてやり、ジャンクロウのワークステーションを見せてやればすむことだ。声をかけて、ひとことお悔やみを言わなくてはならないかもしれないが。そのあとまた付き添いをつけて基地の外へ送り返せば、あの痛ましい話は全部忘れることができる。

「もちろん、まだ大丈夫ですよ」と、彼は答えた。「いつにします？」

受話器を肩に挟みながら、アリッサは微笑んだ。腕時計を見る。基地はまだ十二時前だ。「明日の夜に、そちらへ着く便があります」

10

「女の身元はまだわからないのか？」ＨＩＲＰ基地が隠れている凍結した荒野へ自家用ジェット機で戻っていく途中、アンダーソンがたずねた。

「はい」と、衛星電話で答えが返ってきた。アンダーソンは工作員数名を現場の捜査に残してきた――監視カメラの映像の確認や目撃者への聞きこみといった、人間の活動が必要になる仕事のために。基地の専門家たちにも連絡を取り、ただちに電子捜索を開始するよう命じた。コンピュータを使ったＨＩＲＰ基地の情報処理能力はきわめて高く、アンダーソンは監視カメラがとらえた謎の女の映像をシステムに入力して顔の認識作業をさせるよう指示しておいた。変装していたかもしれないが、顔の大きさと輪郭は変えられない。

ジャンクロウがＨＩＲＰの勤め口に応募してきたとき保安審査で行われた面接の内容を調べなおすことを含め、徹底的な素性調査も命じた。あの女はジャンクロウの知りあいだろうし、あの男の過去を洗いなおせば答えが見つかるかもしれない。

あの女がジャンクロウの恋人でないのは明らかだ。恋人のリアン・ハーナスはもう死んだ。それとも、もう一人別に恋人がいたのか？ 可能性は低いが、絶対ないとは言えない。ジャンクロウの母親は亡くなっていて、肉親の女で生きているのは妹のエリザベス・ギャツビーだけだ。ジャンクロウが遊園地で女と落ちあったとき、教師をしている妹が八百キロ以上離れた小学校で子どもたちを教えていたことは、すでに工作員たちが確認している。

もちろん、あの女がジャンクロウの知りあいでなかった可能性もないではない。ひょっとしたら、ジャンクロウはどこかからアプローチを受け、その手先となって働かされていたのかもしれない。

基地の情報分析員が話を続けた。「しかし、つい最近、何者かがＨＩＲＰのことをネットで事細かに調べた痕跡が見つかりました」

アンダーソンは考えこんだ。なんでもないのかもしれない。ＨＩＲＰ基地は前々から陰謀説を唱える者たちの標的になっているし、ネットで調べた者がいても色めきたつほどのことではない。しかし、タイミングを考えると偶然とは思えなかった。「その調べはどこから行われたものだ？」

「その点はまだ調査中です」と、男は答えた。「突き止めるのに多少時間がかかるかもしれません。調べが行われたのは、セキュリティで保護されている安全なネットワーク・システムからでして」

これを聞いてアンダーソンの頭のなかに警報ベルが鳴りはじめた。頭のいかれた連中はそういう技術を利用できないのがふつうだ。なら、その調べを行った者はプロフェッショナルということか。アンダーソンは改めていろんな可能性に考えをめぐらした――政府の別機関か、外国の情報工作員か、マスメディアの人間か。どれも厄介だ。

「その作業に集中しろ」と、アンダーソンは命じた。「おれが着くまでに、その調べがどこから行われたのか突き止めるんだ」

やっと、ひと晩だけでも家に帰れることになり、アリッサはほっとした。自分のベッドできちんと睡眠を取ることができる。明日からはしばらく忙しくなるはずだ。

ラシュトンに報告すると、彼はアリッサの計画の大胆さに唖然としていた。エリザベス・ギャツビーを装って基地に乗りこむという考えに最初は頑として首を縦に振らなかったが、押し問答の末に彼女はラシュトンを説得して味方につけ、彼はいま彼女のために偽の身分証を手配している。ラシュトンも大きな記事になるという予感がし、アリッサの危険は承知のうえで、その見返りには危険を冒す価値があるかもしれないと結論したのだ。

エリザベスの名をかたるのはさほど難しくない、とアリッサは結論を出した。エリザベスも言っていたように、彼女は基地に兄を訪ねたことがないから、おそらくあの基地に彼女と会ったことのある人間はいない。警備員はエリザベスの写真を持っているかもしれないが、検査をくぐり抜けられるくらいエリザベスに自分を似せることは可能と踏んでいた。体形はよく似ているし、年齢も同じくらいで、エリザベスは眼鏡をかけている。顔をごまかすにはもってこいの装身具だ。大きな変更点は髪の毛の色だけですむだろう。アリッサは暗い褐色、エリザベスは赤毛だった。

髪を染めるには良質の毛染めを何本か使う必要があったから、街を横断して、アパートまで数ブロックのところにあるミニマートへ向かった。もう真夜中だが、あそこなら二十四時間営業だ。

必要なものを買って、アパートで髪を染め、待望の睡眠を取って、明朝オフィスでジェイミー・プライスに会おう。この段取りなら、午後二時の便に乗る前に残りの物も手に入る。ラシュトンの知りあいがそれまでに身分証を用意してくれますように。

遅い時間だから地下鉄は避けることにした。タクシーをつかまえたいところだが、道路が渋滞していた。どうしてこんな時間に、とアリッサはいぶかった。歩いたほうが早そうだ。アパートまではせいぜい一キロちょっとだし。

しかし、自分の判断が正しかったのかどうか、たちまち疑念が忍びこんできた。ふだんなら、もう外に人がいる時間ではない。もちろん、毎日が宵《よい》っ張《ぱ》りのパーティ・マニアたちを除いての話だが、今夜の街にはまだ人が群がっていた。アパートが立ち並ぶブロックのなかに地震の事後処理がすんでいないところがあるのかもしれない、と気がついた。

しかしすぐに、それだけでないことが明らかになってきた。じつは、外で抗議デモが行われていたのだ。この一週間で起こった数々の出来事を見て、みんな動揺しているらしい。異端の宗教や狂信集団がいまも街角で活動に精を出していて、大きな注目を集めているようだ。注意して歩いていると、思ったとおり、白い法衣に金色の腕輪とヘッドバンドの説教師に出くわした。まわりに人が二、三十人集まって、彼の言葉に一心に聴き入り、男は〈惑星刷新教〉の名において世界が浄化されるときに備えるようにと説いていた。

彼女が選んだ隣の通りもいきりたつ人々にふさがれていた。年齢層は幅広く、男も女もいて、スーツ姿の者もいれば、ラフな服装も見えた。この国を〝救う〟ために政府は何をしているのか釈明しろとシュプレヒコールを上げている。早くも武装警官が現場へ駆けつけはじめていた。アリッサはわき道へ入って、そこから交差点へ出た。

さきほどの場所よりは静かだったが、それは狂騒劇がすでに幕を下ろしていたからに過ぎなかった。通りの端から端まで店頭の窓がことごとく打ち砕かれ、商品が略奪されて店内が空っぽになっている。通りに並んでいる車はいずれかの段階で火を放たれたらしく、多くがいまなお煙をくすぶらせていて、大半は中身がくりぬかれた残骸と化していた。厚地のオーバーを着て一メートルくらいの角材を手にした男が六人、反対側から通りを進んできたが、たちまち警官の一団にさえぎられた。衝突に巻きこまれないうちにアリッサは角を曲がってわき道へ入った。叫び声と派手な衝突音が聞こえたあとに銃撃の音が二度続き、彼女は足を速めた。

テレビで暴動のニュースを聞くのと、それを間近で見るのは大違いだ。この職業に就いてから、アリッサはもっとひどい暴動も目にしていたが、自宅にこれほど近い場所で目撃するのは初めてのことだ。恐怖に背すじがぞっとした。

さいわい彼女の選んだルートはもう暴徒にもデモにもさえぎられることなく、十分後にはミニマートに着くことができた。ところが、ふだんならこの時間にこの店にいるのはせいぜい二、三十人なのに、今夜は何百人もひしめいていた。万一に備えて、買えるものを買えるだけ買っているのだ。万一って、どんな状況？　アリッサは別の店にしようかと考えたが、すぐに思い直した。別の店へ行ったところでここより混んでいるかもしれないし、たどり着くまでに何に出くわすかわからない。

彼女はドアを押し開け、客でごった返している店内へ足を踏み入れた。

店は混雑していたが騒がしくはなく、買い物客たちも不安そうではあったがパニックに陥ることなく、結局使わずにすむかもしれない品々をかごと手押しカートに詰めこみながら通路を進んでいた。アリッサは少しでも早く目当てのものを手に入れようとしたが、尋常でない数の客が立ちふさがっていた。二十分かかってようやくレジの列に並ぶことができた。そのころには店の雰囲気が変わりはじめていた。人込みにもまれ、いつまでも支払いを待たされているせいか、客たちのなかにわずかながら残っていた忍耐力もすり減らされてきているようだ。

最初の罵声《ばせい》があがったのはアリッサの隣の通路からだった。「それはあたしのよ！」という女のがさつな声が店内の空気を切り裂いた。「手をどけろ！　どけろと言ったらどけろ!」そう言い返す男の声もがさつで威圧的だった。そこにほかの客たちも加わり、男と女が取っ組みあいを始めた。周囲の人たちが割って入ろうとしてカートがわきへ押しやられ、商品の棚に激突した。ほかにもいくつか叫び声があがり、通路の先で本格的な乱闘が勃発《ぼっぱつ》したような音がした。もう最初の男と女だけでなく、あちこちで喧嘩が始まり、客どうしがにらみあっていた。隣の通路でもみあう客たちに押されたのか、自分のほうへ棚がぐらりと揺れたとき、アリッサは思わずたじろいだ。棚は倒れず持ちこたえてくれたが、かろうじてという感じだった。

やがて店のいたるところで戦いが始まり、アリッサは途方に暮れたまま、声もなくその様子を見守っていた。二人の男が床に倒れた女を蹴り、何度も繰り返し腹と頭を足で踏みつけていた。別の男が冷蔵ユニットに顔から激突して分厚いガラスが割れ、それで顔を切って、血が首と胸を伝い、床にもたまっていった。アリッサの並んでいる列のすぐ前では四人の女が戦いを繰り広げていた。髪を引っぱりあい、とがったヒールで蹴りつけあっている。そのあと、一人の男が銃を取り出した。

それを見て、店じゅうが一瞬、しんと静まり返った気がした。少なくとも、後刻アリッサがこの場面を振り返ったときにはそんなふうに記憶していた。目の前の恐ろしい光景に五感が釘づけになり、頭のなかが真っ白になっただけなのかもしれないが。ピンストライプのスーツを着て眼鏡をかけた男がパニックに陥って、くすんだ黒い拳銃を持ち上げ、引き金にかけていた指に力がこもり、スライドが自動的に前後して空の薬莢《やっきょう》を排出した。横にいた女の頭が爆発し、アリッサの顔は赤く染まった厚ぼったい脳みそにべっとり覆われた。

思わず悲鳴をあげた。自分のしでかしたことに気がついて恐ろしくなったのか、男は銃を落とし、まわりの人々にタックルを受けて床に倒された。アリッサはまた悲鳴をあげそうになって、それを抑えこんだ。発砲した男が群衆に情け容赦なく蹴り殺されていく。蹴りつぶされた血まみれの顔の上で眼鏡が割れていた。冷静さを失ったら生きてここを出られない、と彼女は思った。

顔から血と脳みそをぬぐい、体をかがめて周囲を見まわし、状況の把握に努めた。いまの銃撃がきっかけとなり、文字どおりの大混沌が堰《せき》を切っていた。こうなると、選択肢は限られてくる。

いたるところで暴動が起こり、ほとんどの人が振るっているのは拳だったが、瓶やカートのかごといったすぐ手に取れる即席の武器を使っている者もいた。逃げ出そうとした人たちが踏みつけられ、彼らの悲鳴が何十もの靴とブーツに包みこまれていく。

やがて、群衆の力だけで店頭の窓が突き破られ、ガラスが外の通りへ砕け落ちて、そこから人が外へこぼれ出た。暴動に続いてこんどは略奪が始まった。客たちが棚から落ちた品物を可能なかぎり拾い集め、さきほどまで窓だった大きな穴へ突進した。商品の山を腕にかかえ、あるいはかごに山盛りにして店の外へ逃げていく。出ていくときに倒れた客をカートで押しつぶしていく者たちまでいた。

アリッサは少しずつ前へ進み、ほかの男に重い木材で側頭部を一撃されて床に昏倒《こんとう》していた男をよけた。窓から脱出できるか判断するために外を見たが、可能性は低いと見た。略奪した品々を手に店の外へ出ようとしている者たちに、客たちが押しのけられたり押し倒されたりしている。それだけでなく、窓に開いた穴から店へ押し入ろうとしている者たちがいることに、いまアリッサは気がついた。これを好機と、店からの略奪を目論《もくろ》む者たちだ。少し前までふだんどおりまともな行動を取っていたはずの人たちが、いまは猛り狂う暴徒たちの精神構造に支配されていた。

レジを見やると、スタッフが何人か、略奪者たちといつ果てるとも知れない戦いを繰り広げていた。必死に彼らを阻止しようとしているが、思うにまかせない。単純に相手が多すぎるせいだ。

アリッサは背後に動きを感知し、はっとして横へよけると同時に、脂ぎった太い体にスーツを着た男がパンチを振るい、その拳がさっきまで彼女の後頭部があったところを通過した。この男がなぜそんなことをするのか考える間もなく、アリッサは男の膝を蹴りつけた。伸びきった膝に体重がかかって脚ががくんと折れ曲がったところで、アリッサは男の髪をつかみ、まっすぐ自分の膝へ引き落とした。衝撃で男は意識が飛び、重い体が床に激突した。アリッサは格闘と無縁ではなかったが――何年か前、素質に恵まれていることに気がついた――いまは蛮勇より慎重な姿勢が望ましいことも心得ていた。全員と戦えるわけではない。

あなたはクライマー。彼女はそう自分に言い聞かせた。あなたがするのはクライミングよ。彼女は店の上方を見て、いちばん近い通路に置かれている主要な棚を目でたどった。石膏《せっこう》ボード製の天井近くまで高さがある。これならいけるかもしれない、と思った。登るのよ！

群衆を押しのけ、殴りかかってくる拳をよけた。床に倒れたほかの買い物客を何人か踏みつけてしまって嫌悪の思いにさいなまれながらも、どうにか棚にたどり着いた。床を蹴って体を押し上げ、棚を順々に指でつかんで登りはじめた。

下から伸びてきた手がつかみかかり、それを足で蹴り離した。こっちの腕、あっちの顔と蹴り飛ばし、ようやくてっぺんに着いて、体を押し上げた。棚は店の端から端まで続いている。

体をかがめ、下の人たちが缶詰を投げつけてくるのもかまわず、すばやく棚の上を這《は》い進んだ。店の奥にスタッフ用の出入口が見えた。みんなの注意は店頭の割れたガラスにそそがれている。奥の出入口にはさえぎるものがないとわかり、出るならあそこからだと判断した。

棚が揺れて、下を見ると、女の一団が棚を押し倒そうとしていた。ここでもアリッサは、なぜ彼女たちがそんなことをするのか自問する間もなく、通路を隔てた向かいにある棚を見て、頭のなかですばやく計算した。跳び移れる？　立ち幅跳びになる。助走の余地はない。ずいぶん遠い気がした。ほんの二メートルと頭ではわかっていた。近くはないが、お話にならないほど遠くもない。しかし、床から三メートル上の棚のてっぺんはバランスも危うく、女たちが彼女の血を求めて下から叫んでいる状況では、実際よりずっと遠く感じられた。

それでも、ほかに道はない。

アリッサは覚悟を決めて、浅く膝を曲げ、通路の上へまっすぐ跳び出した。一瞬、だめだ、と恐怖が走った。向こうの棚まで届かない、床に落下して、猛り狂う暴徒たちに蹴り殺されてしまう。しかし、次の瞬間、彼女は向かいの棚のてっぺんにドシンと着地していた。

バランス感覚に優れた彼女だが、それでも体勢をくずしかけ、彼女の体重を受けて揺れた棚を必死に元へ戻した。端からの落下をどうにかまぬがれ、そこでいったん心を落ち着けた。出口は通路三本先だ。

下の女たちが彼女を指差して金切り声をあげ、新しい棚の列を押そうと突進してきた。ほかの客たちも彼女に気づきはじめ、群集心理に巻きこまれて下の女たちに加わり、棚を押しはじめた――そうすることができるという以外になんの理由もなしに。棚から棚へ跳び移っているこの女を下へ落とせば、蹴り殺すことができ、ここにいる誰もそのことで彼らを裁きはしない。自分たちはあらゆる束縛から解き放たれている。アリッサは暴力のエネルギーを感じ取り、棚が倒れる寸前に跳躍を果たした。

着地した棚の上で体がぐらついたが、バランスを取りなおし、後ろの棚の下敷きになって身動きが取れなくなった人々の悲鳴から耳をそむけて、さらにもういちど跳躍した。

いまや彼女は主要な標的になっていた。店のあちこちから彼女のほうへ人が向かっていたが、群衆の大半は店頭側にいて、奥のほうは比較的静かだし、彼女に向かってくる者たちは倒れた棚が生み出した混乱と障害物に行く手を阻まれていた。

アリッサはもういちど前方を見て、最後の棚へ最後の跳躍を敢行した。さすがに脚が疲れてきたのか、着地すると同時に膝ががくんとくずれ、てっぺんの縁から転げ落ちた。うろたえて息をのんだが、端から落ちると同時に彼女の強い手は棚の最上段をつかむことに成功した。ところが、自分の体重に跳躍の勢いが加わって棚全体が傾きはじめた。棚をつかんだまま下の人たちに逃げろと叫ぶあいだに、棚は床に向かって弧を描きはじめ、彼女が跳び離れたところで通路に激突して轟音をあげた。

人の群れが見えた。猛り狂った暴徒たちだ。壊れた棚と下敷きになった人たちを乗り越えてアリッサのほうへ向かってくる。彼女はスタッフ用の出入口があるほうへくるりと体を向けた。もう扉は目の前だ。はじかれたように駆けだし、行く手をさえぎろうとした男を突き飛ばして、最初の手が彼女に届きかけたところで扉を蹴り開けることに成功した。

その先の白く塗られたコンクリートの廊下へ出ると、彼女はかかとでくるりと回転して勢いよく扉を閉め、獰猛な群衆の圧力でドアがこちらへたわんだところで、かんぬきをかけることに成功した。

くるりと向き直り、反対側の端にある非常口をめざして廊下を駆けた。その扉を押し開けて外へ出たところで、かんぬきをかけてきたさきほどの扉が破れ、人の群れが彼女を追って猛然と通路を駆けてくる音が聞こえてきた。いま彼らの心はひとつになっていた。彼らの願いは棚を跳び移っていた女を倒して命を奪うことだけだ。なぜか？

そうせずにいられないからだ。

細い道で夜のきれいな空気を吸いながら、後ろの群衆に追いつかれるまであまり時間がないとアリッサは判断した。ミニマートを振り返り、建物を見上げた。

ここは四階建てだ。

靴を脱いで反対側のごみ箱へ投げ入れ、板を打ちつけた窓枠に体を引き上げて、よじ登るのに必要な手がかり、足がかりになる出っ張りとへこみを手足の指が探り当てていった。

数秒で窓枠の上まで上がり、そこからさらに難しい部分に取りかかった。手足の指先が積み上げられた煉瓦《れんが》のすきまを探り、わずかな出っ張りをてこにして古い建物の外壁に体を引き上げていく。

暴徒の先頭が勢いよく外へ飛び出してきたとき、彼女はすでに二階分を上がっていたが、動きを止めず、登ることだけに神経を集中してひたすら登りつづけた。アドレナリンが全身を駆けめぐり、あらゆる感覚が研ぎ澄まされていた。煉瓦のごくごく細部までが見え、手足の指先でわずかなすきまとくぼみを探りながら体を引き上げていく。

はるか下から、「どこへ行った？」「あの雌犬はどこ？」「こっちよ、来て！」「捕まえて！」という叫び声が聞こえた。彼らがまったく上を見ていないことがわかった。もうかなり高いところまで来ていたし、この暗闇のなかなら、まず姿を見られることはない。

さらに登りつづけ、最後に屋根の手すりへ体を引き上げた。精も根も尽き果て、呼吸もままならないくらい疲弊していた。

だけど、逃げ切った。わたしは生きている。


屋根の上で二、三時間過ごし、現場周辺を見ているうちに恐怖がつのってきた。殴りあいと略奪はまだ続いていて、ミニマートから外へ広がっていき、ほかの店まで巻きこんでいった。さらに、なんの罪もない傍観者が引きずりこまれて暴行を受けたり、現金や宝飾品類を奪われたりした。車に火がつけられ、店にも火が放たれた。さいわい、ミニマートは放火をまぬがれた——屋根の上なら安全だし、下りようとは思わなかった——が、通りの店や事業所に何軒か火がつけられ、まだ人が中にいるところもあった。

やがて警察の機動隊が駆けつけ、盾と警棒を手に火災現場へ乗りこみ、そのあいだに後方から消火用の放水銃とゴム弾が使われた。

荒れ狂う暴徒たちは見る者を恐怖させ、鎮静には驚くほど長い時間がかかった。機動隊のほうが武器でも装備でも勝っているのに、略奪者はなかなかいなくならない。

それでも、少しずつ着実に秩序らしきものが戻ってきた。通りから暴徒と略奪者が排除され、アリッサが数えたところでは、警察のバンの後ろに乗せられていった人間は五十四人にのぼった。ほかにも街を逃げまどっている者が何百人かいるだろう。

ようやく彼女は建物から下りても問題ないと確信した。ごみ箱から靴を回収し、わずか二ブロック先のアパートへ歩いて向かった。警察には立ち寄らずにおこう。警察が守ってくれるのはわかっているが、出頭すれば目撃者としてダウンタウンへ同行を求められるだろうし、調書を取るのにどれだけ時間がかかるかわからない。何時間か。何日か。

ようやく自宅へ帰り着くことができた。それでも、わが身に降りかかった出来事の大きさが胸にしみてくるにつれ、認めざるをえなくなった――もうどこにいても安全とは思えないのだと。

11

オズワルド・ウンベベは甘いお茶をひと口飲んだところで顔をしかめた。胸の痛みは半端でないが、この問題に向きあわなければならない時間はもう長くないこともわかっていた。

診断が下されたのは、つい半年前のことだ。何年か痛みが続いていたのに病院に行くのを拒んできて、ようやく行ったときには手術できない状態だった。病巣が肺から全身に広がっていた。死ぬのはわかっている。診察してくれた医師からその日のうちに宣告されたが、それで思い悩むことはいっさいない。人はいつか死ぬ。それに、ほとんどの人間が知らないことをウンベベは知っていた。彼らが思っているよりずっと間近にその日が迫っていることを。

彼は〈惑星刷新教〉の指導者で、世界はまもなく終わりを迎えるというのが彼の確固たる信念だった。少なくとも、いまの世界は終わる。灰のなかから立ち上がる別の世界への道をつけるために。大事なのはそこだ。

これは現状につけこんで愚か者たちから財産をもぎ取るための方便ではない。教団は誰にも財産の引き渡しを求めていない。求めたこともない。一千年に及ぶ教団の歴史上、そんなことをしたことは一度もない。

彼らの信仰は簡潔だ。世界が存続するためには周期的にみずからを刷新する必要がある。みずからを浄化し、周期的におとずれる沈滞を乗り越えなければならない。四十五億年に及ぶ地球の歴史に大惨事は何度か起こっていて、ウンベベの教団を設立した古代の科学者たちはその出来事を図式化し、一見無作為に見えるその出現パターンを突き止めた。

古代の学者たちは次の〈終末〉が訪れるのは今年と予言していた。この世に限りあるエネルギーを再生するときが来るのだ。ウンベベは感激していた。終末をもたらす大変動が訪れる期間に教団を統《す》べていることの幸運に。この上ない栄誉だ。教団を大きくするために身を粉《こ》にしてきた結果、いまでは世界に八万人以上の信者がいる。彼らは報酬を得られるわけではなく、ほかのみんなといっしょに滅びることになる。だが彼らは、自分たちの死に意味があることを知ってこの世を去る。そこが大きな違いだ。

ところが、今年もあっという間に過ぎていき、災難が差し迫っている予兆は何ひとつなかった——惑星に死をもたらす彗星《すいせい》も、巨大地震の前兆となる地殻運動も、破滅的な津波が起こる兆候も。しかし、ウンベベに予備計画がないわけではなかった。何年か前、忠実な信徒の一人から政府の秘密研究に関する情報がもたらされ、天啓がひらめいて歓喜に衝《つ》かれた瞬間、ウンベベが人生で果たすべき真の使命が明らかになった。

世界の自滅をただ待つのではない。科学技術が大きく進んだ現在、地球がみずからを浄化するには助けが必要なのかもしれない。世界がわたしを試している。彼はそう理解しはじめた。だから、計画を練りはじめた。

そばの電話が鳴った。木の羽目板をあしらった彼専用の執務室は自然の素材だけで造られていて、そのなかでただひとつの疎《うと》ましい電子機器がこの電話だった。

最新情報か、と心のなかでつぶやき、受話器を持ち上げた瞬間、胸に痛みが走って顔をしかめた。

「もしもし」彼は期待に満ちた声で応答した。工作員が報告する最新の状況に耳を傾けながら、彼はときおりうんうんとうなずきを返した。相手が話を終えたとき、ウンベベは簡潔にこう質問した。「それはいいが、準備が整うのはいつなのだ？　本当の意味で、準備が整うのは？」

何千キロも離れたところから男の答えが返ってきたとき、ウンベベは胸の痛みも忘れて破顔一笑した。まったく運がいい。あのようなプロジェクトの奥深くに獅子身中《しししんちゅう》の虫がいてくれたとは。しかし、運ばかりでないのも確かだ。ウンベベは長い年月をかけて人材を獲得してきた。まさしくこういうときのために、彼らは世界各地に散らばっているのだ。

よし。喜悦の思いに打たれながら彼は胸のなかでつぶやいた。来るべきときが間近に迫っている。われわれの教団が新しい夜明けを迎え入れるのだ……地上とそこに住まう人間をことごとく破滅させることによって。

第三部

1

アリッサは客室乗務員が渡してくれた湯気の立つ飲み物をありがたく受け取り、飛行機の小さな窓に顔を戻して外を見つめた。

地上は吹雪に見舞われていて真っ白で、ここからは何ひとつ見えないが、これでも民間航空機が運航できなかったここ数日から大きく好転したらしい。外を見ただけでブルッと体が震え、彼女は温かい飲み物を口にして気持ちを落ち着かせた。

ミニマートでの逃走劇で心に傷を負ったせいか、昨夜はほとんど眠ることができず、アパートの下の通りで暴動をはじめとする暴力行為が行われていないかどうかをたえず確かめた。カフェインとアドレナリンで気持ちが高ぶっていたが、最後にどうにか二時間くらい、うつらうつらすることができた。

それでも、今朝は早起きしてジェイミーに会わなければならなかった。アパートの窓からまず外の様子を見ると、警察がバリケードを築いて暴動現場と住宅地域を切り離してくれていた。出かけたとき、止められずにすむだろうか？

結果的に警察は通行を認めてくれたが、通りに州兵が非常線を張っていたため、ラシュトンが差し向けてくれたタクシーは蝸牛《かたつむり》のようなのろのろ運転で新聞社まで進むはめになった。オフィスに着くと、暴動のさなかで髪染めを紛失したというアリッサからのメッセージを受け取ったラシュトンが三本手に入れておいてくれ、彼女はほっと胸をなで下ろした。

例の基地について、ジェイミーからは情報らしい情報を得られなかった。調査らしい調査ができるくらいまで近づくことができなかったからだ。それでも、あの基地の取材で彼が恐ろしい思いをしたことはよくわかった。アリッサは乗りこむつもりだとは話さなかったが、ジェイミーは、とにかくあそこには近づくなと警告した。入りこもうとしてそれきり消息が途絶えた人たちの噂をいやというほど聞かされたという。

彼女は警告に耳を傾けたし、注意も払うつもりでいた。とりあえず、ある程度は。何があっても思いとどまる気はなかったが、用心はするつもりでいた。ジェイミーから、基地の治安責任者であるアンダーソン大佐という人物の好ましからぬ評判を聞かされた。カールを暗殺してわたしを亡き者にしようとした例の試みには、その男が関与しているのだろうか？　正体がばれたらどうなるのだろうと不安がよぎったが、髪の毛を染めて別の服を着て分厚い眼鏡をかけただけで見かけは大きく変わったし、ラシュトンが身分証を用意してくれた。やれるだけのことはやってきたつもりだ。

アンナを亡くしたあと、アリッサは中東駐留軍の派遣記者にみずから志願した。それが、起こってしまった悲劇から逃げ出す彼女なりの方法だった。現実から逃避するための。いま振り返れば、ちょっぴり自殺願望があったのかもしれない。激戦地の従軍記者の生存率は五十パーセントに落ちることもある。それでも、爆撃と自爆テロと暴動を生き延び、人の死と目を覆わんばかりの暴力を経験するうち、人生に新しい目的意識が芽生えてきた。いま現実に何が起きているのかを世界に伝えて明らかにすることが、彼女にとっての贖《あがな》いになった。

眼下の凍りついた荒野を見つめ、飛行機が降下に入るのを感じながら、アリッサは思った。ＨＩＲＰ基地では、いったい何が行われているのだろう？

2

基地に戻ったアンダーソン大佐は目の前に立っている大きなアンテナのひとつを調べていた。〈電離層探査レーダー群〉と呼ばれるこのレーダーフィールドはＨＩＲＰの中枢施設と言っても過言ではない。独立したアンテナが一列に十四本並び、その列が十四ある。どのアンテナも高さは十五メートルくらいで、巨大な敷地に碁盤《ごばん》目状に配置されていた。見る者を圧倒する光景だ。このアンテナの大群が巨大な電波送信機と化し、電波エネルギーを濃縮した光線を一定の周波数で大気圏の上層部へ放射する。アンテナはそれぞれ四角い枠で囲われてほかのアンテナから切り離され、それぞれの下に小さな仮設の制御センターが置かれていた。

各ユニットの出力は三千万ワット。つまり、この電波送信機群全体の実効放射電力は六百億ワット近くに上るわけだ。基地の表向きの目的である電離層の探査研究を行うだけなら、このレーダーフィールドに秘められた能力のほんの一部で事足りるが、〈スペクトル9〉には全能力が必要になる。そのことをアンダーソンは知っていた。

このレーダー群の責任者はマーティン・キング博士だ。この基地で計画の全容を知らされている数少ない一人でもある。その男がアンダーソンの隣で腕をかかえ、足踏みをして保温に努めていた。

「お疲れさまです」キングが歯をカチカチ鳴らしながら、大佐にねぎらいの声をかけた。「今回の出張は実を結ばなかったそうですね」

アンダーソンが険しい目でそっぽを向き、科学者は余計なことを言ってしまったとたちまち後悔した。「おれたちの手に負えないことなどない」アンダーソンはこの寒さにもまったく動じる様子を見せず、事もなげに言ってのけた。「人のことは放っておいて、自分の仕事に集中しろ。今夜の準備はどうなっているんだ？　オーロラが出現して、試験には絶好の状況なんだろう？」

「おっしゃるとおりです」と、キングは答えた。「最高の条件ですよ。試験を進める許可は得られたのでしょうか？」

「いまこうしているあいだにも、ブライスナーが話を進めている」と、アンダーソンは答えた。「許可が出たら、ただちに応じる必要がある。わかっているな？」

「はい、大佐。準備は万端です」

「ならいい」とアンダーソンは言い、乗ってきた四輪駆動車に向き直った。腕時計で時間を見る。いかん。エリザベス・ギャッツビーを空港へ迎えにいくなら、急がなくては。


「進めてよろしいのですね？」ニール・ブライスナー博士は彼専用のオフィスにある盗聴防止機能つきの電話でトムキン将軍に念を押した。

「うむ」受話器の向こうの五千キロほど離れたところからトムキンが答えた。「いまも言ったとおりだ。ジェフリーズ国防長官ともども、装置の第三段階試験を許可する」

「目標は？」と、ブライスナーはおそるおそるたずねた。この科学自体にはわくわくするが、できることなら現実の世界に及ぼす悪影響のことは考えたくない。「それもすでに話したとおりだ。受け取った座標に向けて最大出力で試験を進めてかまわない」

「承知しました」と、ブライスナーは機械的に返した。「ただ……ちょっと問題が」と、彼はためらいがちに申し出た。

「問題？」トムキンが冷ややかな声でたずねた。

「今夜は民間人が訪ねてくる予定でして。カール・ジャンクロウの妹が彼の遺品を回収しにきます」

「ああ、その女のことなら、もうアンダーソン大佐に話を通してある。何も見られないよう確実を期せばいい。何か見られたら、きみとアンダーソンで対処しろ。いいな？」

ブライスナーはごくりと唾をのんだ。「承知しました」と、自分の決意以上にきっぱり答えることができた。

「よろしい」トムキンが言った。「今回はどんな妨害も許してはならない。どんな妨害も、誰の妨害も」一瞬、回線に沈黙が下り、それからトムキンが重々しい声でふたたび口を開いた。「幸運を祈る、ブライスナー博士。わたしをがっかりさせるなよ」

そこで通話は切れ、いまさらながらブライスナーは考えた。自分は何に同意してしまったのだろう？

3

現地時間の午後六時を回ったところで、アリッサは〈ベア・タヴァーン〉のドアを開いた。太陽はかなり前に地平線の彼方へ沈んでいる。

このアレンバーグという町に着いたはいいが、ここの習慣はどうなっているのだろう。軍の護衛が空港に迎えにきてくれるものと思っていたのだが、誰も来ていなかった。期待したのが間違いだったのかもしれない、と思った。自分の存在は迷惑でしかなく、ことさら歓迎するつもりなどないのだろう。

空港からタクシーを呼んだが、このバーの前に差しかかったとき、彼女ははっと気がついて、運転手に止まってほしいと頼んだ。町のなかでも旅行者がやってくることなど決してない、むさ苦しい一角で、店自体も古くくたびれていた。しかし、〈HIRP基地報〉の内容が頭に甦り、この店がカールの〈冒険同好会〉の会合が開かれた場所であることに気がついたのだ。何かわかるかもしれない。カールの同好会が集まるのなら、職員全般の溜《た》まり場なのかもしれないし。

旅行用のバッグをつかんで入口を通り抜けると、十を超える顔が彼女のほうを向いて、冷たい目で新顔を値踏みした。小さな町ではよくある反応だ、と思った。よそ者が歓迎されることはめったにない。男たちが——店内に女が一人もいないことにアリッサは気がついた——自分の飲み物に顔を戻したところで、彼女はカウンターに近づいていった。

三十分後、ようやく話のできる人間が見つかり、彼女は色あせた木材とすり切れたビロードに囲まれたボックス席に移っていた。リー・ミラーは地元の住民で、見てくれから判断するところ町の飲んだくれのようだ。しかし、アリッサにとっては朗報だった。情報を引き出すのにもってこいの人種かもしれない。

グループ客が止まり木に陣取って、愛想がなさそうなバーテンダーに話しかけている。店の反対側では別のグループ六人がトランプのテーブルを囲んでいた。

ボックス席のうちふたつは騒々しい酒飲みたちに占拠されていたが、もうひとつ、男が一人だけの席があった。男は端正な顔立ちで、こんな騒がしい酒場には一見不似合いな気がした。アリッサの十分くらいあとに入ってきて、酒を注文し、一人で飲んでいる。悩み事でもかかえているのだろうか？

傷だらけの小さなテーブルの向こうからミラーが顔を寄せた。「あんた」と、彼はぼそりと言った。「ここじゃ、基地のことはあれこれ訊かないほうがいいぜ」彼はアリッサの目を見た。どうやら冗談ではないらしい。「カウンターにいる連中が見えるだろう？」

「ええ」と、彼女は答えた。

「あのなかの四人は基地の保安員だ。トランプテーブルの六人は基地の職員。やつらの溜まり場なんだ、ここは。カウンターの連中がこの店に来るのは、目を光らせて、余計なことを話しているやつがいないか確かめるためだ、わかるか？」彼はバーテンダーに身ぶりでお代わりを伝えた。

「そういう話をしている人を見つけたら、あの人たちはどうするの？」と、アリッサはたずねた。

ミラーはひょいと肩をすくめた。「知るかよ」と、彼は不機嫌そうな声で返し、バーテンダーが置いたグラスを手に取った。「おれが知っているのは、そういう人間は二度とここへ来なくなることだけだ」

バーテンダーがテーブルのそばで立ち止まった。「このリーじいさん、迷惑じゃないかい？」と、ぶっきらぼうに訊く。

「いえ、全然」と、アリッサは答えた。

バーテンダーが顔を近づけ、「気をつけな。知らない人間にはわざわざ関わろうとしないのがここの流儀だ」と言った。

あからさまな威嚇《いかく》の声で、アリッサは素直にうなずいた。気がすんだのか、そこでバーテンダーは離れていった。

彼が止まり木の奥へ戻るのをアリッサは待った。

「リーさん」と、小声で呼びかける。「その人たちはどんな話をしていたの？つまり、ここへ来なくなる前？」

「ああ、お決まりの話さ」ミラーはにやりとした。「あの基地はなんらかの秘密計画を進めているとか、そのたぐいのばかげた噂話だ」彼はどんよりした目をそらして宙を見つめた。この男はわたしが来るまでにどれだけのアルコールを消費したのだろう、とアリッサは思った。「ここへ来たカップルがまくしたてていたよ。レーダーフィールドからオーロラにレーザー光線が撃ちこまれていた、オーロラがそれまでと変わっちまったって。いろんな色に変わったとか、いかれたことを話していたな。もちろんおれだって、奇っ怪な現象なら見たことがあるさ」耳を傾けてくれる人間に話ができるのがうれしいのか、舌がなめらかになってきた。「日中にあの光が見えたり、途中でぱっと消えちまったりする。それから、鳥だ」と、彼は謎めかした。

「鳥？」と、アリッサはおうむ返しにたずねた。

「ああ」彼は座席に体を引き戻し、頭の上で腕を伸ばした。「ここ何カ月かのことだが、鳥の行動が滅茶苦茶になっていた。いつもと違う時期に現れたりいなくなったりする。つまり、的はずれな季節に飛び去っていったりするのさ。鳥どうしで喧嘩をしているしな。ある日、鳥の群れが一羽残らず死んでいるのが見つかった。学校の運動場に散らばっていて、体がズタズタになっているのも何十羽かいた」

「何が原因なの？」と、アリッサはたずねた。最近起こったいろんな出来事とつながりがあるのだろうが、ミラーが与太を飛ばしているだけという可能性もある。「知るかよ」と、ミラーは不機嫌そうな声で言って酒をあおった。「おれにわかるのは、生まれてからずっとここで暮らしてきたが、あんなのは一度も見たことがないってことくらいだよ。あそこが何に取り組んでいるのか知らないが、それが自然を混乱に陥れているってことくらいだな、おれに言えるのは」

「そのくらいにしておけ」二人のそばから怒りを帯びた男の声が言った。アリッサが首をめぐらすと、止まり木にいた男たちの四人がボックス席のそばに立っていた。なぜ近づいてきたのに気づかなかったのだろう？　しかし、どうやらさっきミラーが言ったことは本当だったらしい。「場所を移ってくれないか？」男の一人がそう持ちかけると、ミラーは素直にしたがった。酒の入ったグラスを持ち上げ、ボックス席からそそくさと出ていった。

声をかけてきた男がアリッサの向かいにすっと入りこむ。いまミラーが空けた場所に。「あんたも質問が過ぎるんじゃないか」と、男は言った。

アリッサはほかの三人が醸《かも》している剣呑《けんのん》な空気を察知した。張り詰めたバネのようだ。不安をおぼえたが、まだ恐怖と呼ぶほどのものは感じていなかった。曲がりなりにもここは民営の酒場だ。こんな公の場で何ができるというの？

向かいに座った男が体を前に向けると、コートがぱらっと開き、肩のホルスターに拳銃がのぞいた。「どうだ、ちょっと外を歩かないか？」と、男は言った。

「いやと言ったら？」とアリッサは返し、ここでようやく恐怖が忍び寄ってきた。

「それならそれでしかたない」男は大きな肩をすくめた。「女性がいやと言うのを無理強いするわけにはいくまい？」しかし、男はそう言いながらさらに大きくコートを引き開け、もう片方の手を拳銃に伸ばした。メッセージは明らかで、アリッサはうなずいた。

「いいわ」と彼女は答えた。さすがに恐怖がつのり、心拍数が急激に上昇して心臓がドキドキ音をたてていた。「出ましょう」

男は座席から立とうとしたが、アリッサが動かないのを見て動きを止めた。

「どうした、何か問題があるのか？」

「いいえ、何も」と、アリッサは即答した。「ただ、あなたたちが基地で、つまりＨＩＲＰで働いている人なら、わたしにはここにいる理由があるんです、確認を取ってもらってもかまいませんけど。わたしはカール・ジャンクロウの妹で、兄は……何日か前、こっちで雪崩に遭って亡くなりました」彼女は恐怖心を利用して頬に涙を伝わせた。そして、「ここへ来たのは、兄の遺品を引き取るためなんです」と、涙声で言った。

　男は冷ややかな目で彼女を見た。「そのとおりだとしても」ややあって、男は言った。「疑いが晴れるまでは外に出てもらう必要がある。さあ」男は大きな手を彼女の手に置いた。「出るぞ」

「おい、その手をどけろ」と、横から声がした。驚いたアリッサと男がいっしょに声のしたほうへ顔を向けると、別のボックス席で一人で飲んでいた端正な顔立ちの男が二人を見ていた。

「余計な口出しをするんじゃない、ジャック」と男が返し、三人の仲間がジャックと呼ばれた男を取り囲みはじめた。「おまえに恨みがあるわけじゃないが、じゃま立てすると、アンダーソンが応援するのはおまえじゃなくておれたちだぞ」

　アンダーソン。その名前には聞き覚えがあった。ジェイミーから話を聞いたときに出てきた基地の治安責任者だ。

「とにかく、女性を脅すのはやめろ」ジャックはなおもそう言い、男との距離を詰めた。それを見て、アリッサの向かいの男は座ったまくるりと体を回し、ブーツの足でジャックの股間を蹴り上げた。

まともに食らって、ジャックは体をくの字に折り、そのあと別の二人に体を起こされた。一人が背中に腕をねじ上げ、もう一人が万力《まんりき》のような手で喉をつかむ。そのまま外へ連れ出そうとした。

向かいの男の注意がつかのまそれたのを見て、アリッサはミラーが置いていった空のグラスをつかんで顔にたたきつけた。一瞬くらっとしたようだが、男は気を失うには至らず、アリッサはとっさにテーブルをひっくり返して前へ突き出し、男に激突させた。

テーブルのそばに来ていた残る一人がさっと拳銃に手を伸ばしたが、アリッサが襲いかかって、手のひらであごを突き上げると同時に膝で股間を蹴り上げた。

ジャックはほかの二人と戦っていたが、埒《らち》が明きそうにない。アリッサはそっちへ足を踏み出そうとしたが、股間を蹴られた男が床にうずくまったまま彼女の足首をつかみ、すさまじい力で彼女を引き倒した。

アリッサは倒れたまま男に蹴りを繰り出し、ブーツで一度、二度と顔を蹴りつけたが、それでも男は手を離さず、さらに彼女を引き寄せて、最後に二人の顔が向きあった。アリッサは身をのりだして嚙みつこうとしたが、男はそれを読んでいて、手で彼女の頭を床へ押し返し、もう片方の手で拳銃を抜いて、彼女の目の下に銃身を押し当てた。

バン！

銃声が部屋にこだまし、ぎょっとして全員が動きを止めた。

男の銃身が目から離れ、アリッサは自分がまだ生きていることに気がついた。のしかかっていた男の体重がずれたところで、彼女が床を押して体を起こすと、入口に軍服姿の男が三人いて、その一人が拳銃の狙いを天井につけていた。大佐の階級章をつけている。あの男が威嚇射撃をしたのだ。

「やめろ」と大佐が命じると、四人の男は即座にしたがい、アリッサとジャックからあとずさった。

「帰れ」と大佐は命じ、四人の男はそそくさと酒場から走り去った。

大佐に同行してきた二人の兵士が——おそらく四人を基地へ送り届けるため——いっしょに出ていくと、大佐はホルスターに武器を収め、アリッサのそばへ来て、彼女を立ち上がらせるために手を差し出した。

「どうかお許し願いたい」と、彼は言った。「エリザベス・ギャッビーさんだね。空港で出迎えられず、申し訳なかった。アンダーソン大佐だ。HIRP基地の治安維持をまかされている。お兄さんはお気の毒だった。部下たちのふるまいには、この目を疑ったよ。彼らはかならず処分する」と、彼は言った。本心からの言葉かどうかアリッサにはわからなかった。声を聞くかぎり言葉に嘘はないような気もしたが、友好的な上辺と裏腹にその目は冷たかった。

「大佐」とジャックが呼びかけ、近づきながら会釈した。片目が腫《は》れていて鼻血が出ていることにアリッサは気がついた。ジャックが手の甲で血をぬぐった。喧嘩はあまり強くないようだが、その努力に彼女は感謝した。「部下にもうちょっと礼儀を教えておいてもらいたいな」と、彼は言った。やられながらも言うべきことを言うあたりは男らしい、とアリッサは思った。

「一言もない」と、アンダーソンは同意した。「ちゃんと教えておくよ、ジャック」

ジャックはそこでアリッサに顔を向けて、手を差し出した。「やあ」と言ってなんとも魅力的な笑みを浮かべ、「ジャック・マレーです。さっきはあまり力になれなくて、申し訳ない。格闘の才能には恵まれていないらしくて」と言った。

アリッサは心を込めて彼の手を握った。「すてきだったわ」彼女はお世辞でなく本気で言った。「エリザベス・ギャツビーです」

ジャックが考えこみ、そのあとぱっと顔を上げた。「ひょっとして、カールの妹さんじゃ？」と、彼はたずねた。

アリッサはうなずいて、「はい」と答えた。

「お気持ち、お察しします」と彼は言い、彼女をそっと抱き締めた。「カールとはいい友人だった。本当に残念です」

「外に車がある」と、アンダーソンが割って入り、アリッサの腕に手を添えて、「さあ、行こう」と入口へうながした。

4

アンダーソンはエリザベス・ギャッツビーとジャック・マレーを基地へ送り届けるために大型SUVのハンドルを握り、後部座席の二人が続けているおしゃべりに一時間ほど耳を傾けていた。

エリザベスが兄の遺品を引き取りに基地を訪れることになったと知ったとき、彼はブライスナーを怒鳴りつけた。なぜ丸ごと梱包して発送しなかった？　それに対しブライスナーは、そんなことをしたら不審を招きかねないと反論し、結局アンダーソンも同意せざるをえなかった。

しかし、なぜこの女は〈ベア・タヴァーン〉に立ち寄ったんだ？　それに、どうしてミラーと――あの噂話を垂れ流す、いまいましい飲んだくれと――話をしていたんだ？　兄のカール・ジャンクロウからあの酒場の話を聞いていたから、どんなところか立ち寄ってみたというのが本人の弁だ。生前の兄のことで知らなかったことを何か聞けるかもしれないと思ったのだと。一見筋が通っているようで、どこかすっきりしない。遊園地でカール・ジャンクロウといっしょにいたのがエリザベス・ギャツビーだった可能性はないのか？　彼女についてはあのとき別の場所にいたことを部下たちが確認していたが、教師があんな戦いかたをどこで身につけたんだ？　武術の高段者なのか、それとも粗暴な人々が住む地域で育ったのか？　とりあえず、彼は部下たちに調べを命じておいた。

それでも、いま後部座席でマレーとおしゃべりをしている彼女は人畜無害そうに見えた。どこにでもいる教師にしか見えない。兄を亡くして動揺しているのは本当のようだ。基地でトラブルを起こそうとするくらい動転しているのだろうか？　よくわからない。油断をするな、とアンダーソンは自分に言い聞かせた。とにかく、それが自分の仕事だ。〈スペクトル９〉の完成が間近に迫ったいまは、どんな危険も見過ごすわけにはいかない。

マレーを同乗させたのは、飲みすぎたから基地まで車を運転していける自信がないと言われたからだ。二人の話に耳を傾けていれば何かわかるかもしれないと考えて、引き受けた。マレーもジャンクロウの死にはやりきれない思いがあるらしい。ジャンクロウから基地の秘密計画について何か聞いているのではないかと、一瞬、疑念が頭をもたげた。しかし、ジャンクロウが計画に気づいたことがわかってから、あの男の行動は逐一監視していたし、打ち明けた相手はリアン・ハーナスしかいなかったはずだ。ジャック・マレーは基地の安全を脅かすたぐいの人間ではない。デスクワーカーとして優秀すぎるくらい優秀な男だが、危険人物ではない。

しかし、エリザベス・ギャッツビーについては気を引き締めなければ。基地のゲートが開き、深く積もった雪を押し分けながら複合施設の内部へ進んでいく車の中で、アンダーソンは腹を決めた。いっときたりとあの女から目を離してはならない。

後部座席でジャックと話をしているあいだに、アンダーソンが聞き耳を立てていて、何かおかしなことを口にしていないか探っていることに、アリッサは気がついた。彼女は自分に割り当てた役割をうまく演じていた。妹や親しい友人しか知り得ないエピソードをジャックに披露できるくらいには、カールのことをよく知っていた。

もう時間も遅いからカールのオフィスで彼の所持品を仕分けするのは明朝にして、今夜は部屋で寝《やす》んではどうかとアンダーソンから提案があったとき、アリッサはしめたと思った。これで滞在時間が延びる。しかし、自分の泊まる部屋へ直行するのは気が進まなかったので、お腹が空いていると言うと、だったらカフェテリアへ同行しようとアンダーソンが言った。一人にする気はないらしい。ジャックが自分も付き合おうと言ってくれたのはありがたかった。この人といると気持ちが安らぐ。魅力的な人物なのは間違いない。

アリッサはジャックとおしゃべりを続け、アンダーソンの存在を無視するよう努めながら考えをめぐらした。ここで進められている秘密の研究計画とやらについて、ジャックは何か知らないだろうか？　カールから何か聞いている可能性はないだろうか？　それとも、ジャックもなんらかの形で計画に関わっているのだろうか？　アンダーソンがいなければ彼をどこかへ連れ出せるかもしれないのに、基地の治安責任者はずっとそばを離れず、大事な質問をすることができなかった。

ブルルッと振動音がして、アンダーソンがウエストバンドのポケットベルを調べ、アリッサとジャックを見上げた。浮かない顔だ。「すまんが、呼び出しを受けた」と、彼は言った。「部屋へ送り届けたいんだが？」

アリッサは食事がすんでいないことを身ぶりで示した。「ごめんなさい」彼女は言った。「まだお腹がぺこぺこなんです。最後までいただきたいわ」

「食事が終わったら、ぼくが送り届けよう」すぐさまジャックが申し出て、アリッサが笑みを抑える努力をしているあいだに、アンダーソンは眉間にしわを寄せて選択肢を検討した。

そして最後にうなずいた。「わかった。すまんな、ジャック。彼女が泊まる部屋は一般寄宿舎ブロックのE14号室だ。荷物はもう届いている」

「ぼくの部屋から廊下を隔てた反対側だ」ジャックがうれしそうに言った。「問題ない。それじゃ、また朝に、大佐」

アンダーソンはテーブルを押してそこから離れ、ひとつうなずきを送って出ていった。

アンダーソンは基地の指揮所へ戻る途中、あの二人を置いてきてよかったのだろうかと気がかりだった。

しかし、彼女の素性を疑う理由はどこにもないし、ジャック・マレーは名うての女たらしだ。ベッドの支柱に戦果の刻み目を加えようと決意したのかもしれない。あながち悪いことではないかもしれない、とアンダーソンは思った。そうなればあの女も余計なことに注意が向かわないし、いらぬ好奇心を起こすこともないだろう。いずれにせよ、こうする以外、選択肢はなかった。ポケットベルのメッセージには、急いで指揮所へ戻ってほしいとあった。部下たちは何を突き止めたのだろう？

彼は人があわただしく行き来する指揮所の入口を通って、周囲の顔を見まわした。そして主任分析官の目をとらえた。「どうしたんだ？」

分析官が笑みを浮かべた。「システムを突破しました」彼は胸を張って言い放った。「ＨＩＲＰについてあれこれ調べていた人間は、〈ニュー・タイムズ・ポスト〉の調査用コンピュータを使っていたんです」

アンダーソンはぴたりと動きを止めた。遊園地にいた女は新聞記者だったのか。いちばん恐れていた事態が確認されたわけだ。「何者なんだ？」と、彼はたずねた。

「その点はまだ割り出せていません」と、分析官が答えた。「記者はそれぞれ別個のアクセスキーを持っていますが、どのキーが誰に割り当てられているかを示す一覧表がないんです。こういう輩は他人のキーでログインすることもあります」

「だったら」アンダーソンは言った。「〈ポスト〉で働いている全員のリストを手に入れろ。全員というのは、所有者から守衛まで、文字どおりの全員だ。それが手に入ったら、ジャンクロウの資料にあったあらゆる事実と照らし合わせて、そこで働いている人間にあの男の知りあい、つまり、かつて知りあいだった人間がいないか確かめるんだ」

分析官はふたたび笑みを浮かべ、自分の前のコンピュータを指差した。アンダーソンが目を向けると、画面を膨大な電子情報が駆けめぐっていて、そこで彼は理解した。

すでに調べは始まっていることを。

5

ジャックは約束どおりアリッサを部屋の前まで送ってきたが、二人ともすぐ別れるには忍びない気持ちだった。分かちがたい縁を双方が感じていた。

「じゃあ、ぼくも自分の部屋へ戻るとしよう」

「ええ、バーで助けてくれたこと、もういちどお礼を言うわ」アリッサは微笑んで、自分の部屋のドアに向きあった。

ジャックも体の向きを変えたが、次の瞬間、ぱっと顔を元へ戻した。「そうだ、きみ、オーロラを見たことは？」と、彼はたずねた。

アリッサは彼を見た。そして、「ないわ」と答えた。「前からずっと見てみたいと思っていたんだけど」

ジャックは腕時計で時間を確かめた。「じつは、今夜見られるはずなんだ」彼は言った。「正確な時間はわからないけど、たぶん一時間くらいしたら見えてくる」

「本当?」強く興味をそそられて、アリッサはたずねた。あの光のショーを見てみたいのはもちろんだが、バーでミラーから聞き出した話を思い出したからでもあった。光が異常な動きを見せ、それはこの基地が進めている計画と何かしら関係があるのではないか、あるいは、その計画から影響を受けているのではないか、という話を。だったら今夜、何か起こるかもしれない。

「本当だとも」と、ジャックは言った。「きみの部屋からでも見えるはずだ。この世のものとは思えないくらいすごいよ、あれは」

いっしょに見たいから部屋に入れてくれないかとほのめかしているのだろう、とアリッサは思った。それ自体は悪い考えではない。しかし、もっと望ましい考えがあることに彼女は気がついた。ジャックがこの話に乗ってくれないだろうか。

「ずっと見てみたかったの」彼女は力を込めて言った。「でも、せっかく見られるのに、中からじゃつまらないわ。外へ出て、障害物のないところで見られる方法はない？」

ジャックは眉をひそめた。「それは無理だな。この時間、基地の職員は缶詰状態というか、居住区から出られないんだ。長年にわたる規則でね」

「なぜなの？」と、アリッサはたずねた。

「よくは知らない」ジャックは正直に答えた。「とにかく、そういうことになっているんだ。夜、建物を出るのは危険だからと基地当局は言っている。ほら、狼や熊がいて。でも、そのあたりはぼくにはよくわからない」

彼女はジャックの目を見た。そして、「わたしは狼なんて怖くないわ、ジャック」と言った。

ジャックが声をあげて笑った。「あの店で大立ち回りを見たあとだからな、信じるよ」

「だったら、どう？」と、彼女はもういちど試した。

「どうって、何が？」

「なんの障害物もなしに、外へ出て見られないかって話。あなたみたいな特技の持ち主なら、きっと何か方法を知っているはずよ」

「まったく、学校の先生の言葉とは思えないな」ジャックはそう言って、にやりと笑みを浮かべた。


三十分後にジャックの部屋の前で待ち合わせることになった。外に出るにはそれなりの準備をする必要があるとのことで。

アリッサはそれまでにシャワーを浴びることにし、水を出すため、仕切られた小さなスペースに手を伸ばした。出てきた水はおそろしく冷たく、温かくなるまでしばらく待った。心臓麻痺《まひ》を起こしかねない。寒いのや冷たいのは外だけで充分だ。

ジャックの話によると、彼は基地のコンピュータ部門に所属するシステムエンジニアで、HIRPのオペレーティング・システムはすべて彼が運用しているうえに、システムの多くは彼自身が考案したという。彼の容貌や立ち居ふるまいからコンピュータの天才は連想できなかったが、人は見かけによらないこともアリッサは知っていた。ここまでずっと、心の底から楽しかったし、仕事がなければいいのにとまで思った。

パトリックが亡くなってから――もう六年近く前のことだ――誰とも交際したことはない。最初の何年かはアンナにかかりきりだった。娘が悲劇的な死を遂げたあとは、ただもう一人でいたかった。この二年くらい、デートをする努力だけは何度かしてみたが、成果はなく、成果を求めていたのかどうかもよくわからない。でも、ジャックはどこか違う気がする――シャワーのなかに足を踏み出して、筋肉痛の体を伸ばしながら、アリッサは思った。

こんな考えは頭から振り払って、ここへ来た理由に神経を集中しよう。今夜が過ぎたら、たぶんジャックとは二度と会うことはないのだろうし。

彼女はため息をついた。

アンダーソンがきびきびとした足取りで管制室へ戻ってきた。「名前がわかったのか？」

分析官が満面に笑みを広げてアンダーソンを見上げた。「アリッサ・ダーラムです」と、彼は言った。「〈ポスト〉事件部の上級記者で、カール・ジャンクロウとはかつてのクライミング仲間です。わかっているかぎりでは、あの男とは何年も会っていませんが。それでもこれは明確なつながりです。この女ですよ」

アンダーソンは思わず口元をほころばせた。遊園地にいた女の名前がわかったのだ。「よくやった。それが資料か？」彼は机の上のフォルダーを指差した。

分析官はうなずいた。「はい、この女に関する全情報が入っています」

アンダーソンは資料を手に取り、ぱらぱらめくりはじめた。頭はすでに次の行動計画を構築しはじめていた。「よし」彼は顔を上げた。「この女のアパートのまわりに人員を配置して、そこにいるか確かめろ。いたら連行だ。同時に、〈ポスト〉にも工作員を差し向けろ。彼女の窓口が誰で、いまどんな仕事に取り組んでいるのかを突き止めるんだ。この資料を全員に配布しろ。最高機密の扱いで」

分析官はうなずいて、すかさずコンピュータの列に背を向け、机に置かれた盗聴防止機能つき電話の受話器を上げた。アンダーソンは得心の面持ちでフォルダーをわきにきびすを返し、ふたたび外のレーダーフィールドへ向かった。

よし。部屋を出ながら、彼は心のなかでつぶやいた。これで、アリッサ・ダーラムがわれわれの手に落ちるのは時間の問題だ。

6

「なんてきれいなの」主管制棟の屋根に腰を下ろして、ジャックと分厚い毛布にくるまったまま、アリッサがささやいた。

ジャックはパトロール中の警備員に見つからないよう注意しながら、宿舎の外へ彼女を誘導すると、管制棟に続く一画を横断した。電子監視装置に感知されないのはわかっていたが、人の目もあるし、それを避けるためには暗がりから出ないよう気をつける必要があった。

誰にも見られることなくコンクリートの大きな建物へたどり着くと、ジャックは側面に取り付けられている金属の梯子へ向かった。この上に警備員はいないし、空調のダクトがひとかたまりと日常の保守点検に使われているアクセスハッチがひとつあるだけだと、彼は説明した。体を低く保って建物の上に輪郭が浮かび上がらないよう気をつけていれば、人の目に留まる危険はない。

離れたところに林立するアンテナ群が見えた。〈電離層探査レーダー群〉と呼ばれているものだとジャックが教えてくれ、その目的と仕組みをかいつまんで説明してくれた。興味深い話ではあったが、ジェイミーの取材メモから消化吸収してきた情報を超える詳細はなかった。それでも百聞は一見にしかずで、この壮大な光景には目をみはらされた。駐車場の車がいつになく多いとジャックがコメントしたが、それを除けば、アリッサにはこのレーザーフィールドになんの活動も感知できなかった。

ついにオーロラの光が暗い冬空を照らしはじめ、電光状の生物発光を思わせる明るい緑色がぱっとひらめいた。そこから本格的な光のショーが始まり、周囲の全天が明るい光に照らしだされていった。不思議な緑色の光が縮んでは広がり、また縮んで、ありえないような形へねじれ、ダンスを踊っているかのように天空を動いていく。これまで見たなかでいちばん美しいものかもしれない。それに、ここにはジャックもいる。彼の胸に頭を置くと鼓動が伝わってきた。

　ジャックに寄せた体を押し上げていくと、顔が彼と同じ高さに来た。脈打つ緑色光から顔をそらしてジャックの目をのぞきこむと、彼の目も情熱的にじっと彼女を見つめ返した。彼も同じことを感じているの？　知りたくてたまらない。ゆっくり顔を近づけると、上空のオーロラがふたたびゆらめくあいだに、ジャックも招きに応じて彼女のほうへ顔を寄せた。唇が重なりあった――最初はそっと。ジャックの腕に包みこまれ、胸の鼓動がどんどん強くなってくる。いっそう強く体を押しつけてジャックの抱擁に応え、アリッサ自身も彼の体に腕を巻きつけた。

　キスが続くうちに、アリッサの全身を電流のようなしびれる感覚が押し寄せ、二人の体がひとつに溶けあったような心地がした。自分の心がふたたび自由に解き放たれ、二人の情熱がまわりの世界を溶かしていくようだ。

　ところが、ジャックがぱっと体を引き離して抱擁を解き、魔法めいた夢心地の時間が中断された。温もりから切り離され、たちまち寒さが押し寄せてきた。

「どうしたの？」彼の手に自分の手を重ねながらアリッサはたずねた。

「しーっ」とジャックは返し、遠くの音を聞き分けようとしている犬のように首をめぐらした。「聞こえないか？」

アリッサも首をめぐらして、耳を傾けた。何も聞こえない。ジャックは何を言っているの？

そのとき、彼女にも聞こえた。ほんのかすかにではあったが、大型車のエンジンがアイドリングに入ったときのようなゴロゴロという低い音が。「あれは何？」彼女はふたたびたずねた。

ジャックは片手を上げて彼女を制し、懸命に音を聞き分けようとしたが、そこでアリッサが彼の袖を引っぱり、いちばん近くのレーダーを指差した。

ジャックもそっちを見て、体をこわばらせた。鳥の翼のように横へ張り出した巨大なレーダーの表面から閃光が炸裂し、そのあと巨大なフィールドの全域でレーダーのまわりが同じようにひとつまたひとつと明るく発光した。やがて内側の丸い部分が明るくなり、羽根全体《ヴェイン》に電気が押し寄せて、最後に縦横十四基ずつ格子状《グリッド》に配列された百九十六本のレーダーアンテナすべてが奥底から湧き上がってくるエネルギーを包みきれなくなったかのように、バチバチと音をたてはじめた。雲ひとつない澄みきった夜空の下で脈を打っているレーダーアンテナ群の力が、アリッサにもジャックにも感じられた。

「なんなの、これは？」アリッサは息を切らしてたずねたが、ジャックは驚嘆に打たれたように言葉を失い、ただ見つめるだけだった。

やがて個々のレーダーから巨大な火花が解き放たれ、明るい光がバチバチ音をたてながらグリッド全体を飛び交った。あっという間に何分か過ぎた感じで、幽霊のように揺れ動くオーロラの緑色を二人がほとんど忘れているあいだに、レーダーの光はさらに濃く明るく強くなり、グリッドのエネルギーがぐんぐん増大している気がした。アリッサは顔をそむけて目を守る必要を感じたが、目をそらすことができなかった。

しばらくすると、レーダーマストのそれぞれのてっぺんから、中央のレーダー群の十メートルくらい上に光が向かった。そこで光線が出合って一点に集束し、発光するパラソルのようなきらめくエネルギーの覆いができ上がったと思った次の瞬間、その中心点から空に向かって、目のくらみそうな巨大なまばゆい閃光がまっすぐ撃ち出され、アリッサもジャックもあんぐりと口を開けた。すべてのレーダーマストから集まった純粋なエネルギーが一本の矢のように上空のオーロラへ撃ちこまれていく。

すさまじい一撃はまたたく間に終わり、それが消えてなくなったとき、バチバチ音をたてていたレーダーマストの強力な光も消えて、グリッド全体がふたたび不活性化した。音も消え、なんの動きもなくなった。

しばらくして、アリッサがジャックに顔を向けた。「いままで、ああいうのを見たことは？」

ジャックはキツネにつままれたような面持ちでゆっくりと首を横に振った。そして、「一度もない」と認めた。

アリッサはさっと空を見上げ、上空でダンスを続けているオーロラを見て眉をひそめた。さっきとどこか違う。身をくねらせるような動きが前より速く複雑になってきていた。明るさも増したかもしれない。そうよ、明るくなってきている。

ジャックにも見せようと、アリッサは彼の腕をつかんだ。オーロラの様子が変わりはじめた。おなじみの緑色光のそばに深紅の縞《しま》模様が出現した。ふたつの色が踊るように離れてはひとつに溶けあい、それを何度も何度も繰り返した。

オーロラの光がときどき赤くなるのはアリッサも知っていたが、どこかそれとは違う気がした。このあとまた色が変わって、くすんだ青色が光の行進に加わり、緑と赤のあいだを急速に行き交った。次いで、空がほんの一瞬だけ真っ暗になり、そのあと真緑色に輝いた。いったん真っ暗になったあとだけに、アリッサはその閃光で目がつぶれそうな衝撃を受けた。それからまた真っ暗になり、次に赤い閃光が出現した。また暗くなり、そのあと三度目の閃光がひらめいた。こんどはまばゆいくらい明るい青色だった。こんな現象が観察されたことは、いまだかつてないはずだ。

それから何分かのあいだ、ＨＩＲＰ基地の上空で光が猛威を振るった。赤、青、緑のみならず黄色やオレンジ、紫、白も出現し、そのすべてが振付をされているかのような驚愕のリズムで戦いを繰り広げ、アリッサは息が止まりそうになった。

やがてこの奇想天外な光のショーは終わりを迎え、ふたたび漆黒の空が戻ってきた。

しばらくして、ジャックが真顔でアリッサのほうを向いた。「急いで戻らないと」

7

二千キロほど離れた小島に広がる美しい白砂のビーチで、ジェイウッド・ウンブリシは三歳になる息子を小走りに追いかけていた。

すばらしい好天で、太陽は天空高くからその暖かさで彼らを祝福していた。妻とあと四人の子どもたちに、ジェイウッドはちらっと目を戻した。歩いて一時間の小さな自宅から運んできた大きな敷物の上に全員がそろっている。

一家の暮らしはそれなりに楽しいものだったが、ジェイウッドの働く工場には数多くの問題があった。水道施設も下水処理施設もなく、十四時間交代制の勤務中には一度の休憩時間もなく、とても理想的とは呼びがたい職場だったが、ジェイウッドは現実主義者でもあった。彼の暮らす小さな島にはこれといった天然資源もないし、観光用のインフラもない。地獄のような環境だろうとそこで働く以外に食い扶持《ぶち》を稼ぐ方法はないし、この工場があるだけでありがたいと思っていた。文句を言わず黙々と働いていればいつか責任ある地位に上り詰めることができると、心から信じていた。とにかく、いまの親方はそう言っているし、それを疑う理由はどこにもない。

とりあえず週末には休みがあり、一週間に二日は、どうすれば家族を食べさせていけるか心配せずにビーチでのんびり過ごすことができる。島の友人のなかにはジェイウッドと違って工場の仕事を拒んだために赤貧にあえいでいる者もいた。

末の息子に追いつくと、息子は足を止めて色とりどりの巻貝を調べていた。と、そのとき、足下がぐらっと揺れた気がした。

一瞬のことで、気のせいかと思いはじめたそのとき、また揺れた。こんどは一度目よりずっと強い揺れで、体が空中に投げ上げられ、天地がひっくり返った心地がした。

背中から地面に激突し、一瞬うっと息を詰まらせた。急いで息子を見ると、彼はそこに座ったまま幼い顔に驚きの表情を浮かべていたが、まだ恐怖のそれではなかった。ジェイウッドは白砂の上で息子に駆け寄り、抱き上げた。ほかの家族の元へ急いで駆け戻っていくと、みんなが早く戻ってきてと狂ったように手を振っていた。

ジェイウッドは手を振り返そうとしたが、ふたたび地面がぐらりと揺れて足を取られた。地面に膝をぶつけたが、なんとか息子は抱きかかえたまま落とさずにすんだ。ジェイウッドの口から低いうめき声が漏れた。骨が折れたのではないか？

ビーチにいた人たちが内陸側へ少し離れたところにある密林を目指して駆けていた。ジェイウッドがそれを見ているあいだにまた地面が激しく震え、密林の大きな一画が彼の目の前で地中に消えて、人々をのみこんでいった。

悲鳴があがりはじめ、遠くからもいろんな音が届いてきた。車が鳴らすけたたましい警笛の音、緊急車両のサイレンの音、家屋の警報機の音。どれも密林の三、四キロ向こうにある、彼の住みなれた町でしている音だ。次いで、工場の警報が聞こえてきた。緊急避難をうながす音だ。

「地震だ！」とみんなが叫んでいて、ジェイウッドも地震に間違いないと思った。微弱な地震の経験はあるが、一瞬にして密林全体が陥没してしまうようなものは記憶にない。ショックで体が動かなくなっていた。

しかし、動かなければ。何がなんでも。残りの家族のところへたどり着いて、みんなの安全を確保しなくては。だから彼は体を引きずるようにもういちど立ち上がり、家族のいるほうへ駆けだした。もうどこへ行ってどうすればいいのかわからなくなりパニックに陥っている人たちのあいだを、彼はジグザグに進んでいった。

走っていくうちに、残っていた密林も全部姿を消した。なんの抵抗もせずに地中へ吸いこまれていった感じだ。これまでそこをさえぎっていた木々と群葉がなくなって、その向こうに彼の町の建物が見えた。いちばん高い建物が崩れはじめるのが見えて、彼は顔をゆがめたが、ほかのことは全部頭から追い払って家族のほうへ向き直った。五十メートルくらい先にいる。最近のニュースがこぞって予測していたように、本当に世界の終わりが来たのだとしても、これでとりあえず家族とはいっしょにいることができる。ところがそのとき、また地面がぐらっと揺れ、ビーチそのものがふたつに裂けた。崩落した密林の残骸から海まで、深い亀裂が走っていた。ジェイウッドもきれいに投げ飛ばされて、息子といっしょに地面に落ち、息子はいま砂の山に埋もれて泣き叫んでいた。

彼のいる側のビーチは信じられない角度で斜めに持ち上がっていて、反対側の家族が見えなくなった。ジェイウッドがよじ登るようにして傾いた土地のてっぺんへ向かうあいだに、水が猛然と押し寄せてくるゴーッという音が耳にあふれた。足と背中の痛みを頭から振り払い、じわじわと、しかし力強くよじ登っていく。砂の斜面を這い進んで、ようやく縁までたどり着いた。亀裂の向こうに家族が見えた。地面にばらばらに倒れている。傷だらけでおびえている。それでも、生きていた。妻と三人の娘ともう一人の息子、全員が生きていた。

ビーチにできた亀裂をのぞきこむと、そこへ海水が押し寄せていた。激流の川と化し、崩落した密林の上を押し進んでその向こうの町へと向かっていく。あそこには何人住んでいた？　一万人以上いたはずだ。町へ押し寄せていく水を見ながら、ジェイウッドは祈りを唱え、そのあともういちど注意を家族に向けた。

ささやき声で幼い息子を元気づけ、腕のなかであやしてから、もういちど妻とほかの子どもたちを見た。彼らは凍りついたように立ち尽くして海を見ていた。

ビーチのすぐ沖で水が壁のように立ち上がり――高さは一・五キロくらいあったにちがいない――雷のような音をとどろかせながらこの島へ向かっていた。情け容赦ない自然の破壊力を見せつけながら。ジェイウッドは信じられないとばかりに頭を振った。こんなことがあっていいのか？　しかし、これは現実だ。水がやってくる。一秒ごとにぐんぐん迫ってくる。

津波の怒号が頭に満ち、それ以外の音とそれ以外の考えを全部吹き飛ばした。ジェイウッドは亀裂の反対側にいる家族に向き直り、手を振って別れを告げた。

息子をぎゅっとかかえ、温もりと安心を感じさせた。目に涙を浮かべ、体を折って、小さな男の子の頭に口づける。

次の瞬間、高波が激突し、行く手にあるものをことごとく破壊していった。

8

「いったいなんだったの、あれは？」と、アリッサがたずねた。

彼女はジャックの部屋で小さなトランプテーブルのそばに置かれた椅子に座っていて、ジャックはベッドに寝ころんで両手で顔を覆っていた。

その彼が体を起こして、アリッサを見た。そしてようやく、「見当もつかない」と言った。

「噂くらいは聞いたことがあるんじゃないの？」と、アリッサは探りを入れた。

ジャックはため息をついて頭を振り、ベッドから立ち上がって部屋をゆっくり行き来しはじめた。何も言わないつもりだろうかとアリッサは心配になったが、やがてジャックは彼女に向き直った。「わかった。ただし、どんな噂か話す前に、ぼくがそれを信じていないこと、ぼくはここに勤めて長いことを理解しておいてほしい。いいかい？」

アリッサがうなずくと、ジャックは話を始めた。「なんていうか、軍とつながりのあることは、何に限らず陰謀説の標的になるんだな。特に、研究の一部が秘密扱いになっていて、公の目から隠されているときは。そういうわけで、いろんなことを考えるやつらがいる。ぼくに言わせれば、頭のいかれた連中だけどね。たとえば、あのレーダーアンテナ群は天候に影響を与えることができるなんて、そいつらは言う。こっちで雲を温めてあっちで雨を降らせるみたいなことができると言うのさ。電離層を使って音波特性を地球全土に誘導し、特定の目標に振り向けて、いろんなこと――自然災害のたぐい――を引き起こすことができるなんて、荒唐無稽なことを考えるやつらもいた。スイッチひとつで電子機器をすべて遮断し一国のインフラを全部破壊できるといわれる電磁パルスを放射して、上空のミサイルを撃ち落とすことができる直撃兵器なんじゃないかとか。マインドコントロールができるなんて説まであった」

「マインドコントロール?」と、アリッサが訊き返した。

ジャックはうなずいた。「言っただろ、どれも荒唐無稽《こうとうむけい》な話だって。レーダーから発射される〝光線〟で人を洗脳できると思っている連中がいるわけだ。それどころか、すでにぼくらがこの国を含めた世界じゅうの人々を洗脳しはじめていると信じていたりする」

「にわかには信じがたい気がするわ」と、アリッサは同意した。

「だろ」ジャックはまたベッドに腰を下ろした。「どうしてこの研究施設がそういうたぐいの注目を呼ぶのか、その理由を教えてあげよう。ここで進められている研究は、じつのところ、ありきたりで退屈なうえに難解なもので、ほとんどの人にはまず理解ができない。人は理解できないことがあると、そこから自分に理解できる話をこしらえるんだ。兵器なら理解できる。戦争も理解できる」

彼の言うとおりかもしれないとアリッサは思ったが、それだけでない何かがいま進められているにちがいないという確信が彼女にはあった。「ええと、わたしは明日になったら帰らなくちゃいけなくて」と、彼女は言った。「ごめんなさいね、あれこれ知りたがって。カールが働いていたのはどんなところなのか、つまり、この何年か兄がどんなことをしていたのか、理解しようとしているだけなの。ここで働きはじめてからは全然会えなかったから」カールが命を落としたときのことが鮮烈に甦り、アリッサは縮こめた体を両手でかかえこんで震えを抑えた。

ジャックにベッドへ引き寄せられて抱き締められたとき、彼女はあらがわなかった。ベッドに腰かけて見つめあうと同時に、二人の手は相手の手を探し求め、いつのまにか絡み合わされていた。そうなったことに気がつかないくらい、自然に。そっと重ね合わされた唇がさらに激しく求めあい、気がつくとアリッサは彼のかたわらに体を横たえ、首筋のなめらかな柔肌に唇が押し当てられていた。彼の手の下で溶けていく心地がし、その瞬間、かつて記憶にないくらい強烈に彼を求めていた。

9

その夜、ジャックの部屋からこっそり外の廊下へ出たとき、アリッサは自己嫌悪に陥っていた。

彼と寝たことではない。その点は一瞬たりと後悔していなかった。それどころか、彼の腕に抱かれて二人でベッドに寄り添っていたときには、ここ何年か感じたことのない幸せを味わっていた。しかし、彼が眠りに落ちたあと、アリッサは彼の上着に近づき、彼が今夜使っていたセキュリティ・カードを取り外した。彼の信頼を裏切る行為だが、もう時間がない。朝になったらカールの持ち物から遺品を選んで帰途につかなければならず、基地に戻ることは二度と許されない。あのレーダーアンテナ群がオーロラにどんな影響を及ぼしたかを自分の目で見たし、あんなことが可能なら、ほかの自然に影響を及ぼすことも可能だろう。もしかしたら、自然災害を起こすことだってできるかもしれない。世界じゅうで発生している異常現象と関係している可能性が少しでもあるのなら、それを調べる必要がある。その努力をすることが命を奪われたカールへの手向けになるのではないか。

静まり返った廊下をそっと進みながら、ジャックが起きる前に戻ってこられますようにと祈った。彼のおかげで、誰にも気づかれずに事をすませられる可能性がゼロではなくなった。ジャックによれば、オーロラを見にいく前、彼女がシャワーを浴びているあいだに彼はシステム障害を修繕するという口実で主管制室にある自分のステーションへ戻った。そこで安全が確保されている大型コンピュータにアクセスし、システムの一部をリダイレクトする作業に着手した。

その行為を彼はそう呼んでいた――〝リダイレクト〟と。正確に言えば〝妨害行為〟だろうが、こっちのほうが口当たりはいい。それでも、結果は同じだ。主要な監視カメラを別の方向へ向け、センサーに偽のデータを入力することで、二人がオーロラを見に外へ出ていっても基地のハイテク監視システムに感知されずにすむ〝脱出ルート〟が開かれた。

ジャックはこの基地のオペレーティング・システムを全部受け持っている。管制室の治安部門に属しているわけではないが、使われているソフトを設計したのは彼だから、システム全体を停止させて、役に立たない〝偽装〟システムに置き換えることも可能だし、そうしたとしても治安部門はまったく気がつかないだろう。今夜はそこまでやるつもりはなく、もっとずっと慎ましい細工にとどめた。

彼はリダイレクトに成功した。二人は誰にも気づかれることなく管制棟の屋根へ上がることができ、そのあとジャックの部屋へ引き返すこともできた。ジャックは明朝、通常のシステムに切り替えると言っていた。つまり、コンピュータ・センターにはいまも不正確な情報が送りこまれているわけだ。だったらわたしも気づかれることなくセンターへたどり着けるはず。アリッサはそう願っていた。

ほかの人と出くわさないよう細心の注意を払いながらジャックのアクセス・カードで屋根へ上がったときの経路をたどっていった。いくつかドアを通り抜け、最後は主管制棟の側面をよじ登るのではなく、管制室そのものへ足を踏み入れた。

この時間も可動式管制室の照明でレーダーフィールドは明るく照らされていた

が、ありがたいことに建物には誰もいなかった。午前三時なら誰もいないだろうと彼女は踏んでいた。コンピュータ・センターを示す標識がすぐに見つかり、警備員が巡回に来たとき一度だけ隠れなければならなかった。そのときの時刻を頭に刻みつけ、警備員があと一時間は戻ってきませんようにと願った。

こうしてアリッサはコンピュータ・センターにたどり着いた。部屋にはコンピュータ作業用に仕切られたキューービクルと呼ばれる小さな空間がガラスで囲われていて、巨大なスモークガラスの壁でほかの区画から切り離されていた。ここでもジャックのアクセス・カードに応えてガラスのドアがすーっと開き、彼女を迎え入れてくれた。

部屋を調べていくうちにジャックの机が見つかり――ありがたいことに、どの机にも名札がついていた――彼女は椅子に腰かけ、万一ほかの警備員がやってきてガラス越しにのぞいたときに備えて体をかがめ、外から見たとき姿が最小限になるようにした。机の上は仕事の書類が散らばって雑然としていたが、私物は見当たらない。家族の写真もないし、望郷を思わせるものは目につかなかった。生身の人間がそこで仕事をしていることを示すものは、片側に置かれたキャンバスプリントだけだ。鉄道駅のロビーの壁を突き破っている列車の写真だった。彼女が暮らしている街の中央駅であることがひと目でわかった。ジャックもあそこで暮らしたことがあるのだろうか？　それとも、面白い写真と思っただけなのだろうか？　彼女はつかのまそんなことを考えていた。

画面の光に誰も気がつかないことを祈りつつ、彼女はキー・カードでコンピュータの電源を入れた。

「間違いないのか？」アンダーソンが主任分析官にたずねた。〈スペクトル９〉に関わる研究施設の多くがそうだったが、保安司令部も地中に隠されていた。この前の試験が成功したことを受けて、司令部の活動は活発化していたが、基地で働いているほかの職員は誰もそのことに気がついていないだろう。

「はい」と、分析官が答えた。「あそこにはいません。アリッサ・ダーラムは自宅のアパートにいないし、昨日の朝から職場でも見かけた者はいません。なかなか情報をつかめませんでしたが、集めることができた情報から見て、どこかへ出張しているものと思われます。しかし、何に取り組んでいるかはまだよくわかりません。あの女が仕事をしている新聞社のジェイムズ・ラシュトンという編集局長が頑として情報を漏らそうとしないんです。彼女のバッグ類はアパートから消えていますが、彼女の名前で予約された飛行機の搭乗券も、それ以外の種類のチケットも見つかりません」

アンダーソンは話を聞いて考えこみ、血圧が上昇してくる感じがした。ついに〈スペクトル9〉の全能力が解放された輝かしい夜だというのに、悪い知らせだ。アリッサ・ダーラムの居場所はまだわからない。

怖くなってどこかへ逃げ出しただけなのか？　ずっと命を狙われてきたのだから、そうであっても全然おかしくない。しかし、遊園地であの女が取った行動と資料の情報を見るかぎり、何かから逃げ出すタイプの人間ではないような気がした。それどころか、むしろ反撃してくるタイプかもしれない。

アンダーソンはくるりと体を回し、分析官に向かって口を開いた。「エリザベス・ギャツビーの自宅の電話番号は？」

分析官がコンピュータの画面上にデータを呼び出して読み上げると、アンダーソンはそれを携帯電話に打ちこんで発信した。

電話を耳に当てると呼び出し音が何度か鳴り、彼は応答を待った。出ない。電話を切った。次に彼は、「向こうはいま何時だ?」とたずねた。

「えーと……たしか、午前八時ですね」と、分析官は答えた。

「もう学校へ出かけたのかもしれない」と、アンダーソンはつぶやいた。彼は学校の電話番号を求め、その場でそこにかけた。

「もしもし、エリザベス・ギャッツビー先生は今朝いらっしゃるご予定でしょうか?」と、彼は丁寧にたずねた。

電話を受けた受付係が彼女の記録を調べにいった。「はい、今日は出勤の予定です。あ、いま外を歩いています。このままお待ちになりますか?　お名前をどうぞ」

しかし、アンダーソンはすでに電話を切り、管制室から宿舎ブロックとE14号室に向かって全速力で駆けだしていた。

10

何を探せばいいのか、アリッサにもちゃんとわかっているわけではなかった。〝闇の〟計画、人の目に触れてはならないものを探し出すには、どうしたらいい？

しかし、ジャックは基地の保安体制をつかさどる大型コンピュータにアクセスできると言っていたから、何か見つかるはずだ。保安日誌、職員記録、保守点検の要請記録と、アリッサはありとあらゆるものを徹底的に調べていった。やがて彼女はある転記記録に出くわした。

そこには基地の職員どうしのやり取りが記されていた。電話、電子メール、化粧室でのおしゃべりに至るまで、一切合財が記されている。情報を漏らしている疑いのある人間は念入りな監視を受けているらしい。

特段、注意を引かれるものはなかったが、S‐9、〈スペクトル9〉、九番目のスペクトルという謎めいた名称がしょっちゅう出てくることに彼女は気がついた。システムに検索プログラムを入れ、これらのキーワードで実行させてみた。ここでも機密の取り扱い許可が必要になったが、赤外線読み取り機にジャックのカードをかざすと、瞬時にアクセスが認められた。

大量の情報が現れ、やがて彼女が探していたものが見つかった——〈スペクトル9〉と呼ばれているプロジェクトの技術図解だ。おそらくこれが、HIRP基地が隠していると多くの人が考えている秘密プロジェクトなのだろう。

彼女は持ってきたフラッシュドライブを急いで差しこみ、ダウンロードを開始した。この図解がシステムからメモリースティックに取りこまれていくあいだに、彼女はそのページを出て、残りのページに目を通しはじめた。この技術情報を読めば〈スペクトル9〉がどういうもので、どんなことができるのかはわかるはずだが、彼女は人名も見つけたかった。プロジェクトの背後に誰がいるのかを示す情報を。これは合法的な計画なのか？　だとしたら、認可を与えているのは誰なのか？　いったい誰が――

「何をしているんだ？」

　はっとしてコンピュータから目を上げると、戸口にジャックが立っていた。

　アンダーソンはドアを強く叩いたが、五秒経っても返事がなかったため、拳銃を抜いてドアを蹴り開け、武器を構えて狙いをつけた状態で部屋へ飛びこんだ。

　誰もいない。あの女がいない。エリザベス・ギャツビーになりすましていたあの女が。遊園地で暗殺を逃れ、そのあとさらに捕獲の手をも逃れた女が。アリッサ・ダーラムが。

　彼は急いで部屋から駆けだした。非常警報を鳴らす前にひとつだけ可能性がある、と考えた。廊下の反対側にあるジャックの部屋だ。ここでも彼はノックして、五秒待ち、そのあとドアを蹴り開けて、部屋の中へ突き出した拳銃を左右に振り向けた。

　誰もいない。

ちくしょう！　まったく迂闊だった。ジャックが酒場であの女と会ったのは、偶然ではなかったのだ。あの二人がぐるなのは明らかだ。それが意味するところはただひとつ。

二人とも生かしてはおけない。

アリッサは一分でジャックにすべてを打ち明けた。自分の本名、自分の職業、隣にいたカール・ジャンクロウが暗殺されるところを見るはめになった経緯を、彼女は打ち明けた。その後の行動はすべてそこから始まったのだと。

「ごめんなさい、ジャック」彼が信じてくれることをアリッサは心底から願った。

「ぼくとのことは？」と、彼はたずねた。

「ジャック」彼女は言った。「お願いだから信じて、誰も巻きこむつもりはなかったの。あなたとのことは……嘘いつわりない気持ちからしたことよ。でも、情報をつかむ必要もあった。あそこであなたのカードを見て、保安情報にアクセスできるとあなたが言っていたのを思い出して、チャンスと思って持ち出したの。ごめんなさい」と、彼女はもういちど謝った。

ジャックは無言で彼女を見つめた。表情は読み取れない。

「いまの話が本当なら」ようやく彼は口を開き、向かいの椅子に力なく座りこんだ。「ぼくは——」

彼の言葉は鼓膜が破れそうなけたたましい警報音にさえぎられた。

緊急事態を知らせる警報だ。

警報が鳴ると同時に、主管制棟を巡回していた警備員にインターホンから連絡事項が伝えられた。

アンダーソン大佐からで、彼の命令に応じることのできる全警備員に、基地内にいるふたつの目標を徹底捜索せよという命令だった。ジャック・マレーはHIRP基地コンピュータ部門の主任技術員で、この警備員もどんな人間かはよく知っていた。アリッサ・ダーラム＝エリザベス・ギャツビーというのは知らない人間だが、人相など詳しい特徴が送られてくると同時に彼はホルスターから拳銃を抜いて廊下を進みはじめた。

アンダーソンの命令は明快だった——目標を見つけると同時に撃て。

「逃げなくちゃ、わたしたち！」サイレンの音が鳴り渡るなか、アリッサはジャックに向かって声を張り上げ、コンピュータのマウスを必死にクリックして、出てきたページを片っ端から取りこんでいった。

「わたしたち？」と、ジャックが返した。「どうしてぼくが逃げなくちゃいけないんだ？　ぼくは何もやっていない！」

たしかにそのとおりだ、とアリッサは思った。「だったら、わたしはここから逃げ出さなくちゃ。ほかにこの部屋から抜け出す方法はない？」

「こんなことをやらかしておいてか？　どうしてぼくが――」

彼らの後ろでガラスの壁が砕け、拳銃の弾がジャックのコンピュータのモニターを突き抜けた。

アリッサはとっさにキュービクルの前で身をかがめ、気がつくとジャックも同じことをしていた。

「いったいなんでぼくまで撃たれなくちゃいけないんだ？」ジャックが彼女に向かって叫んだ。

「わたしに手を貸していると思われているのよ！」とアリッサは叫び返し、コンピュータからフラッシュドライブをつかみ取って内ポケットに入れた。危険を承知で机の上に顔を出してちらっと向こうを見たが、警備員が自分に狙いをつけたのを見て、大急ぎで頭を引っこめた。次に発射された弾は部屋の向こうから空気を切り裂いて、隣のキュービクルを破壊し、二人の上にガラスの破片を降りそそがせた。

「そいつはどうも」と言って、ジャックはぺっと唾を吐いた。「しかし、とりあえず協力するしかなさそうだ！」

かろうじて感謝の笑みを浮かべたアリッサにジャックが後ろの壁を指差して、彼女を誘導した。別の出口があるの？　そうでありますように、と心から願った。いつなんどき警備員が襲ってくるかわからない。

彼女は両手両膝をついて、割れたガラスの上を這い進みはじめた。

警備員はキュービクルのあいだをジグザグに通り抜けていった。初弾で仕留めそこねたことが腹立たしくてならなかった。向かいあって座っている二人が見え、とっさに拳銃を持ち上げて発射したせいだ。

彼の狙いを阻んだのはスモークガラスの壁だった。弾丸の軌道がほんのわずか、ジャックを仕留めそこなうくらいそれた。自分がここにいることを知られたいま、状況はさらに難しくなった。

それでも、と思った。あの二人はパニックに陥っておびえているはずだし、何より、武器を持っていない。そのうえ、どこにも逃げる場所はない。もう援軍がこっちに向かっているだろうが、自分が適切な行動を取れば、アンダーソンの部隊に残された仕事は死体の始末だけだ。

割れたガラスをバリバリ踏みしめて、体の向きを変え、またひとつキューピクルにさしかかると同時にさっと床へ銃口を向けた。しかし、そこには誰の姿もなく、血のついたガラスの破片があるだけだった。

這って逃げ出したにちがいない。それで手と膝を切ったのだ。まあ、いい。避けられない事態を先延ばしにしただけだ。

「くそっ！」這い進むうちに手と膝に痛みが走り、ジャックは声をひそめてののしった。

二人は感知されることなく、部屋の反対側にある保管用の大きな棚まで行き着くことに成功した。ジャックはその扉を開いて棚の内部へアリッサを押しやり、そのあと奥の羽目板を引き抜くと、電気系統の配線ダクトが現れた。小さいながらも、入りこめるだけの空間があった。いったん中へ入るとジャックは羽目板をはめなおし、アリッサにそのまま前へ進むよう身ぶりで指示した。

ジャックの悪態を聞いて、アリッサも自分の切り傷に注意を向けた。この痛みのせいで保守点検用の狭い空間に体を引き入れるのはきわめて不快な作業になった。それでも、銃撃を受けるよりははるかに望ましい。だから、歯を食いしばって進みつづけた。警備員が血の跡をたどってきませんように。

配線ダクトが二方向に分かれ、後ろでジャックが彼女の右足首を軽くたたいた。彼女は右へ向かい、なぜジャックはこのダクトのことをこんなによく知っているのだろう、といぶかった。あとで訊いてみよう。今夜、二人で生き延びることができたら。

「やつらはどこにいるんだ?」アンダーソンの怒声がコンピュータ・センターに響き渡った。

「それが、よく……わかりません」あの二人がどこへどう逃れたのか見当がつかず、警備員はしどろもどろで答えた。

アンダーソンは何秒か現場を見渡しただけで血のしみに気がついた。捜索に取りかかれるだけの血痕《けっこん》はあったが、徐々にかすれて見えなくなっていた。警備員が見失ったのも無理はないが、アンダーソンは別次元の動物だ。彼の目には一目瞭然だった。

保管用の大きな棚まで血痕をたどり、ぐいっと扉を引き開けた。誰もいないのがわかり、あてがはずれた気がしたが、特別驚きもしなかった。

ややあって、奥に羽目板が見え、そこがぴったりはまっていないことに気がついた。誰かが向こう側から引き戻して少しずれてしまったかのように。

手を伸ばしてそこを引き開け、銃を手に小さな暗い空間へ身をのりだした。

「この先には何がある?」と、彼は声を張り上げた。

誰も答えないので、無線機を調節し、地下の主任分析官につなげた。「コンピュータ・センターから出ている電気系統の配線ダクトだが」彼は前置きなしに言った。「どこへ続いている?」

一瞬の間があった。建物の見取図をコンピュータに呼び出しているのだろう。

「建物の外のアクセスポイントで終わっています。北側の、中ほどの。裏の通用口から五メートルくらいのところです」

アンダーソンは無線機を再度調節し、そのアクセスハッチに集まるよう隊員たちに命令を発した。

アリッサとジャックが主管制棟から五十メートルほど離れた雑木林の陰に隠れていると、二人が何分か前に出てきたアクセスハッチから隊員たちがひとかたまりやってきた。

「うーん、絶体絶命か」ジャックがため息をついた。「しかし、どうしよう?基地は高さ三・六メートルのフェンスに全域が囲まれている。そこを乗り越えたとしても、その向こうには住む人もいない荒野が待ち受けている」

アリッサは激しく打つ心臓を静めようと懸命の努力をした。ジャックの言うとおりだ。建物と差し迫った危険からは逃れてきたものの、このあとはどうすればいい？　なんとかして基地の外へ脱出しなければ。膝をついて考えた。何か方法があるはずだ。かならずあるはずだ。

膝をついて、パリパリに凍った新鮮な雪の上に血をにじませているあいだに、ぱっとある記憶が甦った。ＨＩＲＰの〈基地報〉三百二十四号の二ページ目。冒険同好会の開催についてカールが出した案内が。

「ジャック」彼女は言った。「グライダーの格納庫はどこ？」

「しかし、操縦のしかたを知っているのか？」いま忍びこんだばかりの大きな金属格納庫の中で、つややかな銀色のグライダーを見つめながら、ジャックがたずねた。

格納庫は木々のかたまりを超えてすぐのところにあったが、さいわいまだ捜索の手は伸びていなかった。兵士が二人そばを通りかかったが、木々が盾になって注意を引かずにすんだ。格納庫を保護するものはほとんどなきに等しい。この基地の周辺で窃盗が問題になることはないのだろう。

「いいえ」ジャックの問いに彼女はあっさりと答えた。

「まったく、たいしたアイデアだよ！」と、ジャックが返した。「で、どうするんだ？」

アリッサはグライダーをしばらく見つめ、その横に置かれている特別な装備がついた牽引《けんいん》車を見た。「これは戦闘機じゃないのよ、ジャック」彼女はそばに近寄り、操縦方法の見当をつけた。「そんなに難しいわけないでしょう？」

「なんだと？」アンダーソンは声を荒らげて、早くも格納庫のほうへ駆けだしていた。

いま聞いたのとまったく同じ説明が返ってきた。報告してきたのは格納庫の近くにいた警備員で、格納庫から牽引車が勢いよく飛び出してきて、後ろにグライダーを引っぱっていったという。あの二人、いったい何を考えているんだ？

「撃て！」とアンダーソンは命じ、すぐさま自動小銃の音が聞こえて、いいぞと胸のなかでつぶやいた。

正直、あまりいい考えではなかったかもしれない——北の境界線へ猛然と牽引車を駆り、おびえたジャックが操縦席に乗った軽量グライダーを引っぱりながら、アリッサは思った。しかし、ジャックがしなければならないのは、機体をまっすぐ保持することとだけだ。大事な仕事はわたしがやらなくてはならない。

ジャックの話によると、基地の北端は二、三百メートル先で切り立った断崖になり、下の森林へ落ちていく。どう見てもそこを誰かが登ってくるとは思えないから、アンダーソンは警備巡回員を置くことさえしていなかった。しかし、そこには彼女に必要なすべてがあった。彼女は牽引車から可能なかぎりの馬力を振り絞り、そこへ向かって驀進した。

そのとき銃声がして、弾が命中したらしく、車に衝撃が走った。グライダーの薄い皮膚が傷つかないよう願ったが、そこには手の打ちようがない。と思った次の瞬間、崖の縁が見えてきた。

アリッサは骨の髄《ずい》まで凍りつきそうな圧倒的な恐怖に打たれた。月明かりに照らされた崖の向こうに広がる虚空、雪に覆われた風景、顔に当たる冷たい風——パニックが交錯する恐怖の数秒間、彼女の頭は八歳の娘がなすすべもなく転落死したチェアリフトのケーブルに戻っていた。

「跳べ！」離陸を始めたグライダーからジャックが叫んだ。「アリッサ、跳べ！」

彼女ははっと現実に戻り、牽引車の後部へ向かった。車が崖に差しかかる寸前、牽引ロープを連結器からはずして、ロープを両手でがっしりつかんだ。グライダーはそのまま大空へと舞い上がり、アリッサは風を受けながら機体の下で体を揺らしていた。

グライダーが機体をぐらつかせながら飛んでいくのを見て、アンダーソンは不毛な行為と承知のうえで、マガジンが空になるまで銃を撃ちつづけた。

隊員たちも同じことをし、一発残らず撃ち尽くすまでそれぞれの武器で連続射撃を続けた。女が牽引ロープを伝って体を引き上げ、グライダーの機内に入りこむところをアンダーソンは信じられない思いで見て、なんという力だと驚愕した。こんな恐れを知らない女は見たことがない。

彼がうなだれているあいだに、グライダーはぐんぐん遠ざかっていった。あとは墜落するのを願うしかなさそうだ。

「墜落するぞ！」アリッサが苦悶《くもん》の表情で大きく息を切らしながら小さな航空機の機内へ体を引き上げ、もうひとつの座席に体を落ち着けると同時に、ジャックが口を開いた。「ぼくは自分が何をしているのか全然わかっていないんだ！」

「大丈夫よ」彼女は荒い息をつきながら言った。「立派にやっているわ」はるか後方の基地からどんどん離れていっているのがいちばん大事なことなのは言うまでもない。それ以外は、彼女が知っていることもジャックと似たり寄ったりだった。

「こういう飛行機はどうやって着地させたらいいんだ？」ジャックがそうたずねながら操縦桿《かん》の制御をアリッサの手にゆだねた。

「知らない」と、アリッサは正直に答えた。

月明かりはあったが外は暗く、前方に何があるのか見定めようと懸命に目を凝らした。いや、問題は地面がどこかだ、と彼女は気がついた。眼下は真っ白で、地上からどのくらいの高さにいるのか見当もつかない。

「あれは枝か？」横の窓から外を見てジャックが言った。アリッサが振り向く前に最初の衝撃が来て、グライダーが大きく傾いた。

「そうよ！」と、アリッサが咳《せ》きこむように返した。またぶつかった。さっきより激しく。「もう着陸に入っているわ。木立のなかよ！」

また衝撃が走って激しく揺さぶられる前に、どんな姿勢で墜落するかを推測できる時間だけはあった。尾部《テール》が上を向き、機首がまっすぐ地面を向いていた。軽量の飛行機が木立の幹と幹のあいだを跳ね返りながら、雪に覆われた地面へ落下していくあいだに、アリッサの意識はすーっと遠のき、世界が真っ暗になった。


一時間後、トムキン将軍は電話の受話器を置くと、机の後ろの収納棚から酒を一杯注いだ。

腹を立てないよう努めていたが、それには懸命の努力が必要だった。琥珀《こはく》色の液体をひと口で飲み干し、お代わりを注いだところで、多少気分が持ちなおしたような気がした。

この日は〈スペクトル9〉の全能力が初めて試され、その実験が成功したという知らせを受けたから、始まりこそよかったが、いまアンダーソン大佐からかかってきた電話でたちまち気分が暗澹《あんたん》とした。

まったく、信じられないような話だ。遊園地で暗殺を逃れた女は報道関係者だったらしい。それだけでなく、その女は――あの実験が行われている最中に――基地へ侵入を果たしてコンピュータのファイルから情報にアクセスしたという。さらにそのあと主任クラスの職員と連れ立って、信じられないことに、グライダーで基地から脱出を果たした。そのグライダーは森に不時着したらしいが、アンダーソンと隊員たちが現場に着いたときには、二人ともとうの昔に姿を消していたという。

アンダーソンはいまも捜索隊に彼らを追わせているようだが、トムキンは大きな期待をいだいていなかった。逃げきられる事態を想定しなければならないし、彼らはつかんだ情報を有効活用するだろう。つまり、いま必要なのは被害対策だ。

その女は何を探し当てたのか？　ジャック・マレーはコンピュータ部門の主任技術員で、例の兵器の詳しい技術情報も含めて、ＨＩＲＰ基地に保管されている情報のほとんどにアクセスできる。兵器に直接アクセスできるわけではないが、兵器の詳細はファイルに入っていたし、あの二人が何を探せばいいのかわかったうえで探していたら、知られてはならない重要な秘密を見つけられた可能性もある。

どうしたものかと考えながら、トムキンはため息をついた。テロリストのレッテルを貼ってすべての政府機関に注意をうながし、身柄を拘束させるか？　もちろんその場合には、トムキンの信頼する補佐官たちが確保する前に、その二人が大勢の人間に話をする機会を得て握った情報を明るみに出す可能性がある。

トムキンはアリッサ・ダーラムの資料をつぶさに見て、どんなことをしそうな人間か推測に取りかかった。〈スペクトル９〉の物的証拠を握ったとして、この女は最寄りのインターネットカフェに駆けこんで、ネット上に情報をばら撒《ま》くだけだろうか？

彼の直感は違うと告げていた。ネット上にはいろんな人間がいろんなことをのべつ幕なし活字にするが、その大半はあっさり無視される。世間が情報を信じるのは、しかるべき情報源、つまり主要メディアから出された場合に限られる。アリッサ・ダーラムが〈ポスト〉編集局長のジェイムズ・ラシュトンに連絡を取って、詳細な記事を掲載するよう説得するのはまず間違いない。その道のプロならそうするはずだ、とトムキンは結論づけた。それでも、万一その女が自分で情報を発信することにした場合に備え、彼女のホームページとブログだけでなく、メールアカウントもすべて即刻凍結するよう命じ、マレーについても同じ措置を命じよう。しかし、問題はラシュトンだ。

トムキンはもういちど受話器を上げ、新聞社が入っているビルを出入りするすべての通信を一日二十四時間ぶっ通しで監視することはもとより、編集局長と次長たちの行動も四六時中監視するよう命じた。

打てる手はすべて打ったと得心したところで、肩から力を抜いて椅子にゆったり背をあずけ、自分のコンピュータを見つめて、そこに隠されているさらなる情報のことを考えた。

何はともあれ、そいつらはまだここに侵入したわけではない。トムキンはそう心のなかでつぶやいた。

11

アリッサは小さな机の向こうにいる男を見て、心のなかで祈った。お願いだから、このありさまに気がつかないで。

ずぶ濡れの泥まみれになった服は取り替えたものの、顔を覆った土は完全に取り去ることができず、不時着したとき額に負った五センチほどの裂傷もごまかすことはできなかった。割れたガラスで切った手と膝を覆っている無数の小さなかさぶたはもちろんのこと。

一目瞭然だわ、と彼女は思った。気がつくに決まっている。

ところが不思議なことに、このモーテルの宿泊手続きをするあいだ、男はほとんど彼女に注意を向けず、ずっと机のコンピュータに気を取られていた。ニュースを見ているらしい。メールを書いては送信しているようだ。なんのニュースか知らないが、それに注意を引かれているのは間違いない。自分とジャックに関係のあるニュースでなければいいが、と彼女は願った。

そこで電話が鳴り、男は新しい客のことなどそっちのけで、すぐに受話器を上げた。彼は「おい、どう思う?」とたずねたあと、信じられないとばかりに大きく目を見開いた。「おいおい、まだ聞いていないのか? 島がまるまるひとつ破壊されたんだぞ」と、彼は言った。「なんだって? さあ、よく知らないが、海の真ん中に浮かんでいる島のひとつだろうさ。その島が地震でまっぷたつに裂けたあと、高波を受けて地上から抹殺されたんだ。消えてなくなったんだよ、おまえ。完全に消えちまったんだ。ちっちゃな島と言っても、何万人かが暮らしていたのに、全員やられちまったんだよ。一人残らず消えてなくなっちまったんだ。どこのチャンネルでもやってるぞ。信じられないな、まったく」男はひどく興奮しているようで、麻薬でもやっているのだろうか、とアリッサはいぶかった。

男は部屋の鍵をアリッサに差し出し、彼女はそれを受け取って向き直ったが、なおも後ろの会話に耳を傾けていた。

「どう思う、おまえ？　だから、来るべきときが来たのか？　世界は終わりを迎えるのか？」

ここでアリッサは外へ出た。いろんな考えが頭のなかを飛び交い、身がすくむ思いがした。


外でジャックが待っていた。アンダーソンは一人の人間ではなく男女の二人組を探しているはずだから、いっしょのところは見られないほうがいいと考えたのだ。それだけではない。現金はアリッサしか持っていなかった。ジャックは基地の部屋から彼女を探しに出たとき、何も持っていかなかったからだ。

グライダーが墜落したあと、二人ともしばらく気を失っていた。どれくらいの時間かはわからないが、アンダーソンと隊員たちが現場に駆けつける前に目を覚ますことができたのはさいわいだった。

グライダーは思ったより遠くまで飛んでいて、不時着したのは基地を取り巻く森ではなく、アレンバーグを通り過ぎて隣町へ向かうあたりの雑木林だった。歩いてなんとかその隣町までたどり着き、南へ向かうバスの切符を買った。手持ちの現金は底をついていたが、一軒の店で必需品を少々と救急箱を買い、ついでに新しい服も手に入れた。アリッサのクレジットカードを使うしかなかった。カードを使えば足跡が残るのはわかっていたが、どのみちアンダーソンがグライダーを発見した時点で彼らの居場所は明白だろう。

何時間かバスに揺られて南へ向かうあいだ、アリッサとジャックはバスが止まるたびに、ついに見つかったかと恐怖に見舞われた。終点が来る前に降りたほうがいいと、最後にアリッサが指摘した。バスの切符を買った売り場をアンダーソンの隊員たちが突き止めて二人の使うルートを割り出し、終点へ飛行機を送りこんで待ち伏せしていないとも限らない。

小さな町でバスを降り、すぐヒッチハイクに成功して東へ向かった。このほうが足取りを隠しやすい。いずれまた南へ方向転換する必要があるから、道路わきにモーテルが見えてきたところで、拾ってくれた車の運転手に降ろしてもらった。今夜はここで休んで、明朝また移動しよう。疲労困憊《こんぱい》していて、少しでも睡眠を取らないとこれ以上動けない。

アリッサはジャックに鍵を振って見せ、馬蹄《ばてい》形に配置された客室の片側にある一室を身ぶりで示した。ジャックがうなずいて、歩きはじめた。

部屋の前でジャックと合流したとき、アリッサは恐怖と不安の面持ちで彼を見た。そして、「テレビを見なくちゃ」と言った。

「おいおい」アリッサがドアの鍵を開けるあいだに、ジャックがうめくように言った。「もうぼくらのことが報道されているなんて言わないでくれよ」

「そうじゃなくて」彼女は不安の面持ちで言った。「さらにひどい状況になっている可能性もあると思って」

ニュースを見ているあいだに、モーテルの男が電話でしていた話はすべて事実であることが確認され、二人は恐怖に息をのんだ。昨夜、島が丸ごとひとつ破壊され、近代史に類を見ない大津波にさらわれて、住民が一人残らず命を落としていた。

最新情報によれば、島は大海の真ん中に位置していて、津波の進行方向にあるほかの陸地までは一万キロ近い距離があったため、主要な大陸には届かず完全に消え去ったのが不幸中のさいわいだった。しかし、このニュースは世界に衝撃をもたらしたようだ。どの国でも民衆がいきり立ち、同様の災害から政府はどうやって国民を守るつもりかと声を張り上げていた。世界の主要都市で説かれている地球最後の日のシナリオを、いままでは保守的なメディアまでが真摯《しんし》に受け止めはじめていた。

しかし、アリッサにはそれ以上にずっと気がかりな情報があった。「ジャック」彼女は小声で言った。「あの島を破壊して津波を生み出した地震は、現地時間の午後二時ごろに発生しているわ。つまり、こっちでは午後八時ごろよ」

ジャックはうなずいた。アリッサから指摘されるまでもない。例のレーダーアンテナ群が純粋なエネルギーをひとつにまとめてオーロラの中心部へ撃ちこんでから何分も経たないころだ。ジャックの手が彼女の手に触れたとき、彼女にはわかった。彼も自分と同じくらい恐怖におののいていることが。

なんのためにあんな装置を造ったの？　誰があれを使おうとしているの？　この国の軍部なのは明らかだ。では、彼らは政府の許可を得ているの？　それとも、下院や上院に――大統領にも――内緒でやっているの？　もっと大事なことがあった。いったいあれで何をするつもりなの？　ＨＩＲＰ基地から持ち出すことに成功した情報がどんなものかも、その情報をどう活用したらいいのかも、まだまったくわかっていない。アリッサはポケットを探って、フラッシュドライブの無事を確かめた。

ジェイムズ・ラシュトンに連絡を試みなければならないのはわかっていたが、その方法については慎重にならざるをえなかった。アンダーソンはもうラシュトンを見張っているはずだ。おそらく、〈ポスト〉の全員を。そう考えると暗澹たる気分になった。

建設的な考えを推し進めたければ、リラックスする必要がある。彼女は立ち上がってバスルームへ向かった。「お湯に浸かってくる」とジャックに言うと、彼はテレビに目を釘づけにしたままうなずいた。

アリッサは浴槽の縁に頭をのせ、泡立てたお湯の中で体をくつろがせた。

彼女はいま、ジャック・マレーのことを考えていた。パトリックが亡くなってもう何年にもなるのだし、愚かなことだとはわかっているが、死んだ夫を裏切ったような気分をぬぐいきれなかった。アンナのこともだ。アンナがいたらどう思うだろう？　あの悲劇が降りかかってから、おそらく初めて、アリッサにはわかってきた。男性との関係に大きな罪悪感をおぼえ、あれ以来ほかの誰とも付き合ってこなかった理由が。パトリックのせいではなく、アンナが理由だったのだ。心の底で、わたしは小さな娘を死なせてしまった自分を憎んでいた。自分が厭《いと》わしくてならず、年月もその思いを和らげてはくれなかった。アンナを死なせてしまったことで、わたしは自分を責めていた。カウンセラーがどんなに違うと言っても、あれはわたしのせいだった。だから幸せになるチャンスをことごとく破壊してきたのだ。ほかの人たちから自分を引き離し、デートしたときでさえ最初から心のなかで相手を突き放していた。彼らが好きでなかったからではない。自分のことが嫌いだったからだ。自分を許せず、自分を罰したかったのだ。

　だけど、わたしはなんの幸せにも値しない人間なの？　そろそろ解放してあげてもいいんじゃないの？　またジャックのことが頭に浮かび、また罪悪感にさいなまれた。こんどは、彼を巻きこんでしまったことに。わたしは何をしてしまったの？　簡単に言えば、彼の一生を滅茶苦茶にしてしまったのだ。彼にはなんの関係もなかったのに、わたしといっしょにいるところを見られたがために、いまでは死の標的になっている。パトリック、アンナ、そしてこんどはジャック。あんまりだ。

でも、どうしようもない。賽《さい》は投げられたのだ。別々に分かれたとしても、やはりジャックは標的になる。だから、この状況を解決できるまで二人で力を合わせるのが最良の方法だ。なんと言ってもジャックはコンピュータの天才だし、ラシュトンにこっそり連絡を取る方法を見つけてくれるかもしれない。とにかく、彼に相談しなくては。

ここへ来る途中は、人に聞かれたくなかったからあまり彼と話してこなかったが、ジャックが運命を受け入れたのがアリッサにはわかった。自分が標的になっている事実を受け止めているのは明らかだし、こっちはこっちで勝手にやると言ったりはしなかった。身勝手なのは百も承知だが、彼女はうれしかった。正直、彼といっしょにいると気が休まる。ジャックのことがこんなに好ましいのは、自分を憎むことを彼が忘れさせてくれるからかもしれない。

ため息をついて、お湯の中にそっと頭を浸けると、温もりが髪から顔へ滝のように押し寄せてきた。

「アリッサ？」部屋からジャックの呼びかける声が聞こえた。「出てきて、これを見てくれないか？」

12

テレビの報道スタジオにオズワルド・ウンべべが座っていて、向かいのカウチにはジョニー・ワッツという人気の司会者がいた。〝惑星地球の死は近いのか?〟というテロップが画面に表示されている。

アリッサはインタビューを受けている男に見覚えがあった。カールに会いにいった日、街の広場近くで見た、あのカリスマ的な説教師だ。あのとき見た人目を引く白衣を、今日も着ている。金色のヘッドバンドと腕輪もあの日と同じだ。

彼女がジャックに目を向けると、彼は彼女の反応をうかがっているようだった。

「この人、見たことがある」と、アリッサは言った。「わたしたちの街にコウモリが襲来したあと、説教をしていた人よ」

ジャックはうなずいた。「ああ、かなりの信者を獲得しているらしい。何千人か増えたという報道も見たよ」テレビでインタビューが始まると、彼は言葉を止めた。

「さて、オズワルド」と、ワッツが切りだした。「あなたのことをオズワルドとお呼びしてかまいませんか？」

ウンベベは慈愛に満ちた微笑を浮かべた。「お好きな呼びかたでどうぞ」と答えた彼の深みのある音楽的な声に、アリッサは改めて感銘を受けた。「ご存じのとおり、わたしたち人類はすべて――近々――滅びる運命にあると信じていますから、名前や肩書などはもはやどうでもよくなりました」

「とはいいながら、あなたはいまも教団の〝最高指導者〟です」と、ワッツは指摘した。

ウンベベは両手を持ち上げた。「わたしにはどうしようもありません。避けて通れない責任はあるものです。最後まで前向きに人生を生きたいと思っています」

「しかし、あなたがたは信者を勧誘しています」ワッツは食い下がった。「違いますか？」

「そのとおり」と、ウンベベは認めた。「あなたが何をおっしゃろうとしているかも理解しているつもりです」彼は司会者に微笑みかけた。「わたしたちの教団は最近起こったいろんな出来事につけこもうとしているのではないか、とほのめかしているわけですね？　なんらかの形でこの災厄から利益を得ようとしているのではないかと」

ワッツはウンベベの視線を受け止めた。そして、「そうなのですか？」とたずねた。

「こちらの記者のかたがたはどうおっしゃっています？　きちんと取材をしていれば、信者から寄付や献金を受けていないことはおわかりのはずですよ。ならば、わたしたちの目的はなんなのか？」

「じつは、そこなんです、わたしが知りたいのは。いったい、あなたたちの目的はなんなのか？」

ウンベベは肩の力を抜き、悠然とカウチに体をあずけた。服装はワッツとまったく対照的で、たいていの状況なら滑稽《こっけい》にしか見えないだろうが、彼にはぴったりのような気がした。この男からは自信とカリスマ性が放射されていた。

「わたしはみなさんに、避けられない運命を受け入れていただきたいのです。彼らが——わたしたちが——みんな滅びるという事実を受け入れていただきたい。わたしたち全員がそうなることを。これはひとつの周期なのです」アリッサは催眠術にかかったように彼の話に聞き入っていた。ワッツも同じようだ。「この世界には不朽の周期がある。地球は生まれたときから最後に太陽に吸収されて完全消滅するまで、破壊と再生の周期を経ることになっている。おそらく何十億年か先と思われる決定的な終わりが来るまでに、地球はまだ周期的に浄化を受ける必要があるのです。

太古の時代から、地球には何度かその浄化が起こってきた。大量絶滅、つまりそのときどきの生命に終わりをもたらす大変動が起こり、そのあとに刷新と再生の時期が訪れた。

人生でわたしたちが直接体験するさまざまなことに思いを馳せていただきたい。わたしたちは誕生し、さまざまな浮き沈みをくぐり抜けながら一生を送り、最後に生涯を終える。昼は夜になり、また昼が来る。日は昇り、日は沈む。潮は満ち、潮は引く。血液はわたしたちの体をめぐる。じっとしていたら、よどんで死んでしまう。人体の細胞はすべて六年周期で破壊されて、また再生される。いま指摘した点には同意いただけますか？」

　ワッツはウンベベの話に心を奪われているのか、ただうなずいた。

「ならば、地球そのものがそうしたパターンをたどることが、なぜそんなに受け入れがたいのでしょう？　わたしの教団は太古の時代からこの地球に起こった大量絶滅の事象をひとつひとつ図表化し、次が来るのは今年と予測しています。わたしたちには確信がある。しかし、わたしがこういう話をしているのは、人を恐怖に陥れるためではなく、教育のためにほかなりません。わたしたちは死にゆく体の細胞にしがみつこうとするか？　いや、そんなことはしない。体は自然な状態に逆らわず、みずからを再生させていく。地球が自身を浄化しようとするときも、そこに立ちはだかるべきではない。これは必要な過程なのです。

　そこで、あなたはなぜかと問う。金銭的な利益のためでないのなら、なぜわたしは教団に人を勧誘するのか？　お答えしよう。わたしが勧誘するのは、何が起こるのかをこの星の人たちが理解し、それを歓迎し、それを喜び、その一翼を担えるようにするためです。わたしはみなさんに申し上げたい。恐れるなと。わたしたちはより大きな善のために犠牲になるにすぎません。わたしたちが死なず、いまのこの世界が浄化されなかったら、地球は病み、結果として寿命を縮めることになる。だからわたしはみなさんに説いているのです。運命を受け入れなさいと。それ以外に選択肢はありません」

ふだんは話ののみこみが早いワッツがゲストをじっと見つめて、相手の言葉をかみしめていた。

「すごい自信ね」アリッサが目を丸くして言った。「でも、どうしてこんなことを言いきれるの？」

「わからない」と、ジャックが言った。「頭がおかしいのかもしれない。しかし、いまの話には一理あると思わないか？」

「どういう意味？」

「うーん、だから」ジャックは肩をすくめた。「彼の言うとおりかもしれないと思わないか？　この世界は周期にしたがっていて、浄化が必要なのだって？」

アリッサは眉をひそめた。ジャックは信じたの？　そうでないことを願った。

「ねえ、ジャック、地球に浄化が必要かどうかにかかわらず、彼の信仰の前提は間違っているわ。つまり、この手の狂信集団や異端の宗教がこぞってこういうことを言いだしたのは、地球自身が反乱を起こしていると思っているからでしょう。そうでないことを示す強力な証拠をいまわたしたちは握っているじゃないの。最近起こったいろんな出来事の多くは、〈スペクトル9〉か何か知らないけど、HIRP基地で進められている例の秘密プロジェクトで説明がつくことなのよ。今回の〝この世の終わり〟とかいう戯言は全部、わたしたちがHIRPの企みを公にすると同時に消え失せるんだから」

ジャックはうなずいて、じっと考えをめぐらした。そして最後に、「きみの言うとおりだな」と言った。「しかし、あの男の話に説得力があるのは確かだ」

その点はアリッサも認めざるをえなかった。「話に説得力はある。その点は認めましょう。でも、やっぱり彼は間違っている。わたしたちがそれを証明するのよ」

「わたしたち？」とジャックは返し、そのあと彼の真顔がぱっと笑顔に変わったとき、アリッサはほっとした。

彼女は微笑を返し、救われた思いで彼の手に自分の手を重ねて、ぎゅっと握り締めた。そして、「ありがとう、ジャック」と言った。「それと、あなたを巻きこんでしまって本当にごめんなさい」

彼はひょいと肩をすくめた。「まあ、こうなった以上、しかたがない。いまは、死にたくなけりゃきみに協力する必要がある。つまり、ぼくらにはやるべき仕事があるということだ。まず、きみが手に入れた例のフラッシュドライブに何が書かれているのかを突き止める必要がある」

アリッサがうなずくと同時に、周囲の窓が集中砲火を受け、爆発が起こったかのように窓ガラスが飛び散った。

13

隊員たちの小火器から炸裂した弾丸はモーテルの部屋の正面を破壊し、アンダーソンは厳しい表情のまま、満足げにそれを見守った。彼の襲撃部隊が携えている武器はいちばん大きなものでも三脚に載せたマシンガンくらいだったが、アンダーソンを除く全員が携行しているアサルトライフルはすべてフルオートにセットされていて、これだけでもすさまじい破壊力があった。

この正面からの攻撃でもあの二人が簡単に命を落とさず、万一生き延びることに成功して、裏手の窓から脱出しようとしたら、もうひとつの部隊がそこで彼らを待ち構えている。

無人のグライダーが発見されたあと、アンダーソンは希望を失いかけたが、彼は失敗に慣れている人間ではなかった。任務が完了するまで引き続き努力しよう、と決意を新たにした。

不時着現場から二人が向かった先は、比較的容易に見当がついた。隣の町まではせいぜい一キロちょっとだ。すでにアンダーソンはアリッサ・ダーラムのクレジットカード情報を手に入れて監視させていたから、彼女がその一枚を使うと同時に連絡が来た。隣町へ駆けつけたときには、ほんの何分かの差で間に合わなかったが。

現地の交通拠点で聞きこみをしていくと、やがて二人の向かった先が判明し、アンダーソンはただちに基地からヘリコプターを緊急発進させて、バスを追跡させた。

ヘリの音に獲物が気づく可能性はアンダーソンも心得ていて、彼は操縦士に高空から赤外線と光学的記録装置で車を監視するよう命じた。その映像がアンダーソンの元へ直接送りこまれている。彼自身は四輪駆動車とSUVの車列に隊員たちを乗りこませ、距離を保ってバスを追跡した。

ダーラムとマレーがバスを降りてヒッチハイクで東へ向かうところが生の映像で見えた。最後に二人はこのモーテルで車を降り、マレーが外で待つあいだにダーラムがフロントに向かった。彼らがどの部屋に入ったかも見えた。

それからまもなく、アンダーソンも現場に到着し、次の一時間で作戦を練り上げた。フロント係に話をすると、係の男はほかの部屋をひとつひとつ回って部屋を明け渡すよう求め、そのあいだに隊員たちが襲撃の配置についた。

モーテルの所有者は現地にいなかったが、アンダーソンが電話をかけて状況を説明した。相手は納得していなかったが、強引に押し通した。それに、修繕費用は連邦政府持ちだ。

フロント係の若い男はいっさい関わりたくないとばかりに、銃撃開始からずっとフロントに閉じこもっていた。無理もない、とアンダーソンは思った。いまからここは血なまぐさい修羅場と化すのだから。

最初の銃弾が襲いかかってきたときアリッサはジャックを引っぱって、いっしょに床に伏せ、ぴったり身を寄せあって、可能なかぎり床にへばりついた。恐怖に導かれたのか、中東で全面攻撃に遭遇したときの記憶がぱっと甦った。従軍していた部隊から受けた助言も思い出した。床にめりこむくらい体をぴったり床に押しつけろ、というものだ。

頭を低く保ち、息を殺して待つあいだに、彼女は大急ぎで考えをめぐらした。銃撃はすべて部屋の正面に集中していたようだ。つまり――

「裏は？」パニックもあらわにジャックがたずねた。「奥の窓から脱出を試みたら？」

アリッサは首を横に振った。「だめよ。それこそ向こうの思う壺だわ。外で兵士たちが待ち構えているはずよ」

「じゃあ、どうすりゃいいんだ？」

ジャックは平静を失いかけているようだが、無理もない。集中砲火を含むすさまじい銃撃戦を初めて経験したとき、アリッサもまったく同じ精神状態に陥った。しかしあのときは、少なくとも彼女を守ってくれる武装兵たちがいた。ここには自分たち二人しかいない。彼女は服さえ着ていなかった。タオルを巻きつけてローブを羽織り、そのままバスルームを出てきたのだ。

考えるのよ、アリッサ。彼女は自分に命じた。知恵を絞りなさい！

「あれは？」と、ジャックが床の上を指差した。アリッサがその先をたどると、彼が何に気がついたのかわかった。床にぴったり伏せた姿勢からでもそれが見えた。部屋の敷物の端がめくれていて、その下に……そうか！

「跳ね上げ戸だわ」と、彼女は言った。

冬に極寒、夏に猛暑に見舞われる土地では、霜が溶けたとき建物が地中に沈んでしまうことがある。だから多くの建物は高床式で、床と地面のあいだに空間を持たせている。このモーテルがその構造になっていることに気づかなかったのは、カーブを描いているベランダがその空間を隠していたからだ。アンダーソンたちもこれに気がついておらず、モーテルの所有者からも聞かされていないことをアリッサは願った。

「ここにいて」と、彼女はささやき声でジャックに伝え、床に這いつくばったままベッドの足下まで移動した。大きくひとつ息を吸うと、勇気をかき集めて射撃ラインに体を持ち上げ、大急ぎでベッドに手を伸ばしてジーンズとブラウスをつかむと同時に引き下ろした。いま服が必要なわけではないが、例のフラッシュドライブがズボンのポケットに入っていた。あれだけは絶対、置いていくわけにいかない。

服を手に、彼女は跳ね上げ戸のほうを身ぶりで示した。ジャックがうなずいて、木っ端とガラス片が降りそそぐなかを移動しはじめた。アリッサもすぐ後ろに続く。ジャックが敷物を引き上げ、跳ね上げ戸の取っ手をぐいっと引いた。最初は抵抗を受けたが、すぐに大きく引き開けられた。彼女がたどり着いたときには、ジャックはすでに穴を通り抜けていて、あとに続く彼女に手を貸した。

戸が閉まったとき自然と落ちて元に戻るよう、敷物を戸に掛けて、勢いよく戸を引き下ろした。

床下には体を丸めれば立てるくらいの狭い空間があり、そこでアリッサはさっとローブを脱ぎ捨て、持ってきた服を着た。着替えがすむとポケットを軽くたたいてフラッシュドライブを確かめ、それからジャックに身ぶりを送って動きはじめた。

素足が踏みしめていく地面は凍りつきそうに冷たく、ジャックもつらそうだったが、少なくとも彼は靴下を履いていた。床下の空間は暗く、道路わきのネオンサインから木材のすきまを通り抜けてくるわずかな光しかない。

部屋から外へは出られたが、まだこの先も逃走の必要がある。極北の冬だというのに上着もブーツもなく、冷血な殺人集団から逃げきらなければならない。跳ね上げ戸も、いつまでも気がつかれずにすむはずはない。二人が裏の窓から出てこなければ、いずれアンダーソンは銃撃の中止を命じ、隊員たちを送りこんで死んでいるか確かめさせるだろう。そうなれば、床下に隠れた狭い空間が見つかるのに時間はかからない。

彼女はモーテルの設計を思い起こした。フロントは馬蹄形に並ぶ客室を回りこんだ、西の遠端にある。すべての客室を通り過ぎたところだ。この冷たく暗い空間はあそこまで続いているだろうか？

「行くわよ、ジャック」彼女は急き立てるようにささやき、ジャックのそばを通り越して彼の手を引いた。「急いで移動しなくちゃ。名案を思いついたかも」

「撃ちかた、やめ！」五分間にわたってすさまじい集中砲火を浴びせたところで、アンダーソンが銃撃の中止を命じた。裏手に待機しているチームからはまだなんの活動も報告もない。つまり、ダーラムとマレーはまだ中にいるのだ。中にいるということは、死んだということだ。「第一班、突入！」

部屋は全壊に近い状態で、分厚い木の壁に開いたギザギザの穴から中の明かりがはっきり見えた。どの窓も完全に消し飛んでいて、遠くない将来、がたがたになった構造が完全に崩壊したとしてもアンダーソンは驚かないだろう。

手始めに送り出した八人構成の班が正面のドアに用心深く近づくところを、アンダーソンは陰から見守った。逃亡者二人は中で死んでいるはずだが、未知の場所に近づくにあたっては、受けてきた訓練が彼らを用心深くさせた。

ドアにたどり着くと、兵士の一人がドアを蹴り開け、ドアの片側から二人がすばやく部屋へ入りこんだ。反対側から別の二人が続く。

彼らが部屋を調べている緊迫の時間、周囲はしんと静まり返っていた。さあ、朗報をよこせ。アンダーソンは心のなかでつぶやいた。さあ、よこせ。

イヤホンがブーンと音をたて、アンダーソンは手を伸ばしてその音を止めた。「上官」と報告してきた男の声に緊張がひそんでいるのがわかり、次の言葉を聞く前からアンダーソンには全部わかった。「二人はいません」

跳ね上げ戸の下の空間はフロント奥のオフィスに通じていて、そこには誰もいなかった。アリッサとジャックは寒さに震えながら、狭い空間から体を押し上げた。

ジャックが壁に掛かっている何枚かのコートを指差し、二人で急いでそれを羽織った。ブーツも一足あり、アリッサには大きすぎたが、ジャックの足にはぴったりだった。

アリッサがほんの少しだけオフィスのドアを開けると、目の前にフロントの机があった。彼女の宿泊手続きをした男がコンピュータで電話をかけようとしていたが、うまくいかず、懸命に接続を確かめていた。接続が切れているらしい。

アリッサが裸足で木の床をそろりと前へ進み、ジャックは後ろに待機した。強盗が入った場合に備えてか、机の内側に掛けたひもにリボルバーがぶら下がっているこ とにアリッサは気がついたが、男はコンピュータに何が起こったのか突き止める作業に没頭していた。

何秒かかけて男の背後へ忍び寄り、片手で口をふさぐと同時に二本の指を銃口のように背中にそっと押しつけた。「騒いだら撃つ」と耳元でささやくと、男は漫画のように、降参を意味する古典的な位置まで両手をまっすぐ持ち上げた。

ジャックがすかさず彼女のそばを通り越して、机から本物の銃をつかみ、若い男の頭に狙いをつけた。アリッサは男のわきをすり抜けざま、指先から架空の煙をふっと吹き飛ばした。

男はぐるりと目を回して天井を見上げ、手を下ろして、がっくりと肩を落とした。「わかったよ」彼は小声で言った。「どうすりゃいいんだ?」


奥の駐車場から車が近づいてきたのを見たアンダーソンが手を振って車を止めると、フロント係の男がハンドルを握っていた。

男はウィンドウを下ろした。「ボスが来るってさ」彼は言った。「もういなくていい、帰宅しろって。だから……もう帰りたいんだ、頼むよ」

アンダーソンには男がおびえているのがわかった。ごくふつうの民間人だし、こんな事態には慣れていないのだ。まあ無理もない、と思った。

「わかった」と、アンダーソンは答えた。「ただし、この一件は他言無用だぞ。

何か漏らしたら、おまえの自宅を訪問しなければならなくなる。いいか？」

男は必死にうなずき、アンダーソンは微笑んだ。「よし。なら、理解しあえたわけだ」

男がふたたびうなずく様子を見てアンダーソンは、小便を漏らしかけているのではないかと思った。実際、ちょっと脅してやっただけで漏らしたやつも見たことがある。

「どうも」と、男は消え入りそうな声で言い、大破したモーテルからその向こうのひっそりとした道路へ離れていった。

「ご苦労さま」アリッサが隠れていた助手席の足下から言った。フロント係の股間にリボルバーが押しつけられていた。

銃を離すと、男は心底ほっとしたような吐息を漏らし、彼女が助手席へすべりこむと同時に、ジャックが後ろの床から体を起こして後部座席に座った。

この人には気の毒なことをした、とアリッサは思ったが、こうする以外に脱出の方法はなかった。しかし、危害を加えたわけではない。罪のない人間に武器を使うつもりはなかった。

目の前のひっそりとした道路を見ながら、アリッサは思った。男のボスがいつまでたってもモーテルに姿を見せず、フロント係の運転する車で絶対に逃がしてはならない逃亡者二人を逃がしてしまったことにアンダーソンが気づくまで、どれくらい時間があるだろう？

たっぷりありますように、と彼女は願った。


「ヘリが飛べないとはどういう意味だ？」アンダーソンが声を張り上げた。

「天候が悪化しておりまして」と、操縦士が答えた。「大幅に悪化する見込みです。身動きが取れなくなる前に基地へ戻らなくてはなりません」

アンダーソンは無線機を切った。いまにも怒りが爆発しそうだ。しかし、その怒りを胸にしまい、ぎゅっと抑えつけて自制に努めた。上空に目が必要なのだが、その選択肢は捨てるしかなさそうだ。

状況を考え合わせて、あの二人が目の前を通り抜けていったことにようやく気がつき、彼は自分に対する怒りをふつふつとたぎらせていた。ダーラムとマレーに二十分以上先を行かれた。これを取り戻すのは至難の業だ。とりわけ、操縦士が言うように天候が悪化してくるとしたら。

だが、選択肢はもうひとつある。アンダーソンは心のなかでそうつぶやくと、不本意ながら無線機に手を伸ばし、地元のハイウェイ・パトロールにつなぐよう求めた。


「前方にバリケードが！」モーテルのフロント係がぎょっとして、アクセルに置いた足をゆるめはじめた。

「そのまま進んで！」と、すでにバリケードに気づいていたアリッサが命じた。車は二台だけだし、強行突破が最善の策なのは明らかだ。

「シートベルトを締める」とジャックが言い、急いで座席に背中をつけた。

しかし、ただでさえおびえていた運転手はこの恐怖に耐えかねたようだ。大きくハンドルを回し、車は二車線の幹線道路を横へ向かった。

まだシートベルトを締めおわっていなかったジャックが勢いよくドアにぶつかって、ドアががくんとずれた。車は縁石に勢いよく突き当たり、運転手がハンドルを切りなおすと、ドアが完全に開いた。ジャックは道端の向こうへ転がり落ち、雪の上を転げたところで止まった。

パトカーの一台が武装した警官四人を乗せて、早くも彼らのほうへ向かっていた。アリッサは急いでフロント係の頭にリボルバーを打ちつけ、気絶させた。彼の足に自分の足を重ねてペダルを踏み、ハンドルを逆に回して、破損した車を幹線道路に戻す。

窓の外を見ると、ジャックが立ち上がって、警察を彼女から引き離そうと森の境界線へ向かっていた。彼はアリッサのほうを振り向き、二人でパトカーを挟みこむ形になった。「行くんだ、急げ！」と、彼は叫んだ。「あとで落ちあおう、ぼくのオフィスにあった写真のカフェで！」

そう言ってジャックは木々のなかへもぐりこみ、必死に雪を踏み分けて、木々の奥へと離れていった。反対側から警官たちが彼を追っていく。

ジャックが見えなくなると、アリッサは気絶した男を運転席から外へ引きずり出して代わりに自分が座り、エンジンをふかして、バリケードのそばに残っているパトカーのほうへ猛然と加速した。

数秒後、車はバリケードを突破し、彼女の通ったあとをもう一台のパトカーがくるくる回転した。車は大きく破損していたが、まだ走っていたし、後ろから警官たちが発砲してきたため、彼女はいっそう強くペダルを踏みこみ、検問所からぐんぐん離れていった。

あとはジャックとの再会がかなうことを祈るしかない。

オズワルド・ウンべべの体にまた痛みが戻ってきた。かつてなかったような鋭い痛みだ。しかし、これは天の恵みかもしれない。頭の働きが鈍らず、生きていることに感謝できる。薬には手をつけず、わきへ押しやった。

彼は仕事に忙殺されていた。活動のあらゆる局面に対処しなければならない。彼の懐刀が多くの国で街路に立ち、あるいは教団の所有する数少ない教会で民衆に語りかけ、テレビやインターネット上でも説教をしていた。彼らの説教をあるべき形に導かなければならない。司祭の地位にある彼らだが、それでもまだ指導の必要があった。日に日に信徒の数が増えているだけになおさらだ。あの石像が動いて以来、〈惑星刷新教〉は数えきれないほどの信者を獲得した。そこから現世的な利益が得られるわけではなく、いずれ全員が命を落とす運命にあることをウンベベは知っていたが、少なくとも彼らは自分たちの死ぬ意味を理解できるし、それは最後の瞬間に心の平穏をもたらすだろう。自分のことを無力な犠牲者ではなく自己犠牲に身を捧げた殉教者と考えることができるのだ。そこには大きな違いがある。恐怖ではなく喜びを感じながら生涯を閉じることができる。

それでもまだほかに、いろんな側面を把握しなければならない。世界各地に散らばっている工作員から続々と機密情報の報告が入ってくるし、それを幾多の計画に合わせて修正し、脚色しなければならない。

咳きこんで少し血を吐いたところに電話が鳴り、彼はハンカチで血をぬぐって応答した。

受話器の向こうから行われる報告に、彼は無言で耳を傾けた。もちろん新聞記事やニュースは見ていたが、この報告でさらに確信が強まった。この状況をずっと待っていたのだ。あの兵器を使用する準備が整った。彼の計画はついに次の段階に踏み出すことができる。

ところが、そのあと悪い知らせがもたらされた。耳を傾けるウンベベに何があったかが説明されていった。胸の痛みに見舞われながらしばらく無言で耳を傾け、頭のなかで話を咀嚼《そしやく》した。痛手なのは確かだ。しかし、その状況であればまだ復旧は可能だ。彼の明晰な頭脳はたちまち状況を分析して、報告者に新たな計画を説明した。いつものことだが、臨機応変の対応がすべてを決するのだ。

ウンベベは受話器を置いて微笑を浮かべた。

勝利が間近に迫っていることを確信した男ならではの微笑みを。

14

街へ戻ったとき、アリッサは心身ともに消耗しきっていた。

結局、あの車は途中で乗り捨てるしかなくなり、そのあとはヒッチハイクで南へ向かった。アンダーソンたちがどこで待ち構えているかわからないと神経過敏になっていたため、ただでさえ難儀な旅がいっそうつらいものになった。

身分証もクレジットカードも使えず、安い靴を一足買うと、途中で軽い食事を取るために残しておいたわずかばかりの現金しか頼れるものはなくなった。その状況を変えてくれたのが、ヒッチハイクに応じて乗せてくれた最後の車だった。運転手は女性で、虐待する夫から逃げてきたというアリッサの作り話を信じてまっすぐATMに向かい、相当額の現金を引き出してアリッサの手に押しつけていった。

おかげで街へ戻れたのはいいが、いったいどこへ行けばいいのだろう？　アパートとオフィスはアンダーソンの手の者が見張っているはずだ。編集局長のジェイムズ・ラシュトンに連絡を取りたいが、その危険は冒せない。アンダーソンたちは彼女がそうするのを見越して、彼の電話に盗聴器を仕掛けているだろう。どこへ行っても、防弾服に完全武装でアサルトライフルを構えている兵士がいた。こんな光景を見るのは初めてのことで、アリッサは新聞スタンドで店の男に何があったのかたずねてみた。

老人は驚いた表情で、熱いコーヒーが入ったマグカップから目を上げて、彼女をまじまじと見た。「まだ耳に入っていないのか？」と、彼はたずねた。「まあ、たしかに、始まってまだ二時間くらいだしな」

「始まったって、何が？」と、さらにアリッサはたずねた。

「本格的な戒厳令が敷かれたんだよ」と、老人は言った。「少なくとも、この州には。ほかにもいくつか同じことをしている州があるが、まだ全国的な話じゃない。しかし、この街は暴動や抗議デモの連中をはじめ、いろんなやつらに取り囲まれている。まず州兵が、そのあとさらに正規軍が呼び入れられた。全国で同じことが始まっているんだ」

南下してくる長い道中、軍事行動が増大している兆しは見えたが、ここまでの活動はなかった。アリッサは男に礼を言って立ち去った。

全国に戒厳令を敷けるだけの人的資源があるのだろうか？　もちろん、限界はある。兵士たちの心に疑問が芽生えたらどうなるの？　この世の終わりが来るという話を司令官クラスの人たちが信じはじめたら？　考えただけでぞっとした。いまでさえ彼女の街は暗黒郷《ディストピア》的な警察都市国家の様相を呈している。大勢の人間が血眼《ちまなこ》になって自分を探しているかもしれないと考えると、ますますぞっとした。

それでも、ここから逃げ出すわけにはいかない。ジャックは彼のオフィスにあった写真のカフェで落ちあおうと言った。写真の建物はこの街でいちばん有名なランドマークのひとつで、CG処理か何かでそこの壁を列車が突き破っていた。あそこにいちばん近いカフェは、同じ建物のメインロビーにある〈グランド・カフェ〉という美しいコーヒーハウスだ。

ジャックが捕捉をまぬがれた可能性が少しでもある以上、彼と落ちあう努力をしなくてはならない。彼をトラブルに巻きこんだのはわたしなのだし、できることならそこから救い出してあげたい。

地下鉄駅では監視カメラを使った捜索が集中的に行われているはずだ。それを避けるために、彼女は軍隊が闊歩《かっぽ》していていつもと雰囲気の異なる市街を歩いて横断し、目的地へ向かった。ジャックが待っているかもしれないと、はかない望みを胸にいだきながら。

四時間と八杯のコーヒーを経て、アリッサは判断した。今日、ジャックは来ない。

これはつまり、どういうこと？　彼は永久に来ないの？　捕まったの？　死んでしまったの？　それとも、ここへたどり着くのにわたしより手間取っているだけ？

最後のコーヒーが入ったカップをわきへ押しやり、明日の朝一番でまた戻ってこようと胸に誓って席を立った。

しかし、それまでの時間を無駄にしてはならない。ポケットにあるフラッシュドライブにいったいどんな情報が隠れているのか、いよいよ突き止めるときが来た。

「なるほど、それで、決行の日は？」盗聴防止機能がついた衛星電話でジョン・ジェフリーズ国防長官が質問を投げた。長官の元には定期的に最新情報が届けられていたが、彼の仕事は政治的な性質のものだから、プロジェクトの実際面で日々どんなことが行われているかという情報からはいつも一段切り離されていた。「その質問にはニールに答えてもらおう」机の向こうに置かれたデュアル画面のテレビ電話に映っている男たちの生の映像を見ながら、トムキン将軍が言った。

ニール・ブライスナー博士がコホンと咳払いをした。「第三段階の試験に成功したあとも、完成までには試験データの最終分析はもちろん、基本的なシステムデバッグも必要になります。しかし、それにかかるのはせいぜい数日です」

「来月四日までにプロジェクトを締めくくりたい」間髪をいれず、ジェフリーズが言った。

「それだと、いまから六日しかありません」ブライスナーが懸念を表明した。

「なぜ、そんなにとつぜん急がれるのですか？」

「技術レベルだけでなく、政治と戦術面でいろんな問題に対処しなければならない」と、ジェフリーズは答えた。「国内全土で市民の暴動が起こっている現状から見て、早く攻撃をかけて決着をつける必要があると判断されたのだ。大規模な内乱が始まる可能性があると国防総省は見ている。われわれが計画どおり、いまから二週間以内にあの装置を使用できなかった場合だが」

「そんな状況は」と、トムキンが言葉を継いだ。「絶対に受け入れがたい。始めた以上、終わらせる必要がある。いまのところ、われわれには計画を先へ進める政治的意志がある。それがいつまで続くかはわからない。ジョンの気持ちに揺るぎはないが、チームのなかには必要な行動に尻込みしかねない人間もいる。特に、これ以上時間がかかった場合には。鉄は熱いうちに打て、と言うだろう」

「四日だ」ジェフリーズはふたたび明言した。「六日後だ。できるか？」

沈黙が下りた。ブライスナーは状況を考え合わせているようだ。「わかりました」と、最後に彼は答えた。「四日までに装置の使用準備を整えましょう。ご提案どおり計画を進めることは可能です」

「すばらしい」ジェフリーズが言った。「ありがとう、ニール。もう少しでわが国はいまよりもっと安全な場所になる」

ザ・ミステリ・コレクション

絶《ぜつ》 滅《めつ》 〈上〉

著者 J・T・ブラナン

訳者 棚橋志行《たなはししこう》

発行所 株式会社 二見書房
東京都千代田区三崎町2-18-11
電話 03(3515)2311 [営業]
03(3515)2313 [編集]
振替 00170-4-2639

印刷 株式会社 堀内印刷所
製本 株式会社 関川製本所

落丁・乱丁本はお取り替えいたします。
定価は、カバーに表示してあります。

ISBN978-4-576-15201-1
http://www.futami.co.jp/

中国軍を阻止せよ！（上・下）
ラリー・ボンド／ジム・デフェリス
伏見威蕃［訳］

中国が東シナ海制圧に動いた！日本は関係諸国と中国の作戦を阻止するため「沿岸同盟」を設立するが……アジアの危機」をリアルに描いた、近未来戦争小説の傑作！

レッド・ドラゴン侵攻！（上・下）
ラリー・ボンド／ジム・デフェリス
伏見威蕃［訳］

肥沃な土地と豊かな石油資源を求めて中国政府のベトナム侵攻が始まった！元海軍将校が贈るもっとも起こりうる近未来の恐怖のシナリオ、中国のアジア制圧第一弾！

レッド・ドラゴン侵攻！ 第2部 南シナ海封鎖（上・下）
ラリー・ボンド／ジム・デフェリス
伏見威蕃［訳］

中国軍奇襲部隊に追われる米ジャーナリスト・マッカーサー。中国軍の猛攻に炎上する首都ハノイからの決死の脱出行！元米海軍将校が描く衝撃の近未来軍事小説第二弾！

レッド・ドラゴン侵攻！ 第3部 米中開戦前夜
ラリー・ボンド／ジム・デフェリス
伏見威蕃［訳］

国連でのベトナム侵攻の告発を中国は否定。しかしベトナム西部では中国軍大機甲部隊が猛烈な暴風下に驀進していた…米国人民軍顧問率いるベトナム軍との嵐の中での死闘！

レッド・ドラゴン侵攻！ 完結編 血まみれの戦場
ラリー・ボンド／ジム・デフェリス
伏見威蕃［訳］

ベトナム軍が中国軍機甲部隊と血みどろの闘いを繰り広げる一方、米駆逐艦「マッキャンベル」は南シナ海で中国艦と対峙していた。壮大なスケールで描く衝撃のシリーズ、完結巻！

シベリアの孤狼
L・ラムーア
中野圭二［訳］

秘密収容所から脱走した米空軍少佐マカトジ。酷寒のシベリアで武器も食糧もなく、背後には敵が迫る。彼が頼れるものは自らの野性の血とサバイバル・テクニックだけだった！

二見文庫 ザ・ミステリ・コレクション

雪の狼（上・下）
グレン・ミード
戸田裕之［訳］

四十数年の歳月を経て今なお機密扱いされる合衆国の極秘作戦〈スノウ・ウルフ〉とは？ 世界の命運を懸け、孤高の暗殺者スランスキーと薄幸の美女アンナが不可能に挑む！

熱砂の絆（上・下）
グレン・ミード
戸田裕之［訳］

大戦が引き裂いた青年たちの友情、愛…。非情な運命に翻弄されて決死の逃亡と追跡を繰り広げる三人を待つものは？ 俊英が放つ興奮と感動の冒険アクション巨編！

亡国のゲーム（上・下）
グレン・ミード
戸田裕之［訳］

致死性ガスが米国の首都に！ 要求は中東からの米軍の撤退と世界各国に囚われている仲間の釈放だった！ 五十万人の死か、犯行の阻止か？ 刻々と迫るデッドライン!!

すべてが罠（上・下）
グレン・ミード
戸田裕之［訳］

アルプスで氷漬けの死体が!? 急遽スイスに飛んだジェファニーを待ち受ける偽りの連鎖！ 事件の背後に隠されている秘密とは？ 冒険小説の旗手が放つ究極のサスペンス！

地獄の使徒（上・下）
グレン・ミード
戸田裕之［訳］

処刑されたはずの男が甦った…!? 約三十人を残虐な手口で殺した犯人の処刑後も相次ぐ連続殺人。模倣犯か、それとも…？ ＦＢＩ捜査官ケイトは捜査に乗りだすが…

南シナ海緊急出撃
トム・クランシー
棚橋志行［訳］

海賊による貨物船の拿捕と巨大企業の乗っ取り。ふたつの事件の背後には日米、ＡＳＥＡＮ諸国を結ぶ闇の勢力の陰謀があった。〈剣《ソード》〉にアジアへの出動指令が下った！

謀略のパルス
トム・クランシー
棚橋志行［訳］

スペースシャトル打ち上げ六秒前、突然エンジンが火を噴き炎に呑み込まれた！原因の調査中、宇宙ステーション製造施設が謎の武装集団に襲撃され…〈剣《ソード》〉シリーズ第三弾！

細菌テロを討て！（上・下）
トム・クランシー
棚橋志行［訳］

恐怖のウィルスが巨大企業アップリンク社に放たれる！最新の遺伝子工学が生んだスーパー病原体…暗躍するテロリストの真の狙いとは⁉〈剣《ソード》〉が出動を開始する！

死の極寒戦線
トム・クランシー
棚橋志行［訳］

酷寒の南極で火星探査車が突如消息不明に。同じ頃、スコットランドで連続殺人が起き、スイスでは絵画贋作組織が暗躍。事件が絡み合う恐るべき国際陰謀の全容とは⁉

謀殺プログラム
トム・クランシー
棚橋志行［訳］

巨大企業アップリンク社は、アフリカ全土をめぐる高速通信網の完成を目指していた。だが、計画を阻止せんと罠が仕掛けられ……。謎の男〈悪霊〉が狙う標的とは⁉

殺戮兵器を追え
トム・クランシー
棚橋志行［訳］

恐るべき新兵器を開発した企業の新技術がテロリストの手に渡り、大量殺戮計画が実行されようとしていた。合衆国の未曾有の危機に、〈剣《ソード》〉の精鋭に出動命令が下る！

石油密輸ルート
トム・クランシー
棚橋志行［訳］

アップリンク社に届いた深海油井開発をめぐる不審な取引をほのめかす一通のメール。〈剣《ソード》〉の長ピートは調査を開始するが…圧倒的人気の国際謀略シリーズ最終巻！

二見文庫 ザ・ミステリ・コレクション

過去からの弔鐘

ローレンス・ブロック

田口俊樹［訳］【マット・スカダー シリーズ】

スカダーへの依頼は、ヴィレッジのアパートで殺された娘の過去を探ること。犯人は逮捕後、独房で自殺していた。調査を進めていくうちに意外な真相が…

冬を怖れた女

ローレンス・ブロック

田口俊樹［訳］【マット・スカダー シリーズ】

警察内部の腐敗を暴露し同僚たちの憎悪の的となった刑事は、娼婦からも告訴される。身の潔白を主張し調査を依頼するが、娼婦は殺害され刑事に嫌疑が…

一ドル銀貨の遺言

ローレンス・ブロック

田口俊樹［訳］【マット・スカダー シリーズ】

タレ込み屋が殺された！残された手紙には、彼がゆすった三人のうちの誰かに命を狙われていると書かれていた。自らも恐喝者を装い犯人に近づくが…

慈悲深い死

ローレンス・ブロック

田口俊樹［訳］【マット・スカダー シリーズ】

酒を断ったスカダーは、安ホテルとアル中自主治療の集会とを往復する日々。そんななか、女優志願の娘がニューヨークで失踪し、調査を依頼されるが…

倒錯の舞踏

ローレンス・ブロック

田口俊樹［訳］【マット・スカダー シリーズ】

レンタルビデオに猟奇殺人の一部始終が収録されていた！スカダーはビデオに映る犯人らしき男を偶然目撃するが…。MWA最優秀長篇賞に輝く傑作！

獣たちの墓

ローレンス・ブロック

田口俊樹［訳］【マット・スカダー シリーズ】

妻を誘拐され、無惨に殺された麻薬ディーラー・キーナン。復讐を誓うキーナンの依頼を受けたスカダーは、常軌を逸した残虐な犯人を追う！映画『誘拐の掟』原作

死者との誓い

ローレンス・ブロック

田口俊樹［訳］

【マット・スカダー シリーズ】

弁護士ホルツマンがマンハッタンの路上で殺害された。その直後ホームレスの男が逮捕され、事件は解決したかに見えたが意外な真相が…PWA最優秀長編賞受賞作！

死者の長い列

ローレンス・ブロック

田口俊樹［訳］

【マット・スカダー シリーズ】

年に一度、秘密の会を催す男たち。メンバーの半数が謎の死をとげていた。不審を抱いた会員の依頼を受け、スカダーは意外な事実に直面していく。(解説・法月綸太郎)

処刑宣告

ローレンス・ブロック

田口俊樹［訳］

【マット・スカダー シリーズ】

法では裁けぬ『悪人』たちを処刑する、と新聞に犯行を予告する姿なき殺人鬼。次の犠牲者は誰だ？ NYを震撼させる連続予告殺人の謎にマット・スカダーが挑む！

死への祈り

ローレンス・ブロック

田口俊樹［訳］

【マット・スカダー シリーズ】

NYに住む弁護士夫妻が惨殺された数日後、犯人たちも他殺体で発見された。被害者の姪に気がかりな話を聞いたスカダーは、事件の背後に潜む闇に足を踏み入れていく…

すべては死にゆく【単行本】

ローレンス・ブロック

田口俊樹［訳］

【マット・スカダー シリーズ】

4年前、凄惨な連続殺人を起こした〃あの男〃が戻ってきた。完璧な犯行計画を打ち崩したスカダーに復讐の鉄槌をくだすべく…『死への祈り』から連なる、おそるべき完結篇

償いの報酬

ローレンス・ブロック

田口俊樹［訳］

【マット・スカダー シリーズ】

AAの集会で幼なじみのジャックに会ったスカダー。犯罪常習者のジャックは過去の罪を償う〃埋め合わせ〃を実践しているというが、その矢先、何者かに射殺されてしまう！